AF581924

La sagesse des chats

Abdelkarim Belkassem

La sagesse des chats

Roman

LE LYS BLEU
ÉDITIONS

ISBN : 979-10-377-1137-3

Bibliographie

Deux chats et des hommes, Éditions Bellier, réédition Le Lys Bleu Éditions

La Bête et le Boss, Éditions Thot

La Marche des harraga, Éditions Thot

Amina Zouri, une histoire du Maroc, Éditions Thot

La mémoire de Saghir, Éditions Thot

Un chirurgien à New York, Le Lys Bleu Éditions

Thomas Sif Espace, Le Lys Bleu Éditions

Mythomanies, Le Lys Bleu Éditions

Les énigmes du Hameau, Le Lys Bleu Éditions

Dictons de Jaddati et expressions populaires du Maroc, Le Lys Bleu Éditions

Un lycée sans foi ni loi, Éditions Thot

Maroc, les oubliés de la guerre 39-45, Le Lys Bleu Éditions

Bibliographie

Fiston, le chat préféré de la maison demande à la Fille :

— Te souviens-tu, maman, du jour où tu as construit cette grande maison, qui ressemble à celle des hommes ?

— Arrête ta folie !

— Ne fais pas l'idiot ! Je te connais plus que toi-même, mon fils ! N'oublie pas que je t'ai mis au monde !

— Arrête, maman, toujours prête à faire la guerre. Tes griffes sont très affûtées et attendent l'attaque. On dirait que tu es devenue humaine, tu cherches la bagarre.

— Les chats ne seront jamais humains ! Encore et toujours des chats avec une belle vie. N'as-tu pas entendu Karim, ton papa, dire à Violette qu'il aimerait vivre « comme un chat » ?

— Nous sommes les rois, affirme la Fille, les seigneurs de ce monde. Les hommes nous ont acceptés et nous laissent vivre avec eux. On dort au-dessus de leurs têtes. On réchauffe leurs lits en ronronnements qui les apaisent. Voilà pourquoi, nous sommes des élus.

— Grâce à nous, les hommes sont les plus heureux du monde. On leur apporte la paix intérieure, nous les rois. La psychologie des chats est plus intense que la main des sorciers avec leur bague magique, n'est-ce pas mon petit Fifi qui pose toujours des questions de demeuré ? Ce que tu n'es pas.

— Non Madame la chatte, nommée « La Fille » par ses maîtres, je ne suis pas idiot !

— Alors tiens bon, mon cher prince de fils !

— Maman, la discussion est difficile avec toi ! Tu es toujours méfiante, même avec ta progéniture. Tu sais pourtant que je t'aime, tu es ma maman chérie. Je ne penserais jamais à te faire de mal et, maintenant, je suis devenu un grand homme ! Pardon, un grand chat ! Je me trompe ! Hé hé hé… Je suis là pour te protéger, être une épaule sur laquelle t'appuyer. Si je te pose la question, c'est simplement pour comprendre. Tu es un maître pour moi, surtout en ce qui concerne le passé, avant ma naissance ! Un chat a, comme les hommes, besoin de connaître sa descendance et ses ancêtres. On ne peut pas vivre l'instant présent et construire l'avenir sans l'histoire de notre vie.

— Mon Fiston, ne t'inquiète pas. Sois rassuré, nous sommes protégés par notre papa Karim et notre maman Violette et tant qu'ils seront là, nous n'aurons rien à craindre. On a la chance de vivre dans ce monde de chats, pardon, cette société d'hommes qui aiment les chats et les respectent. La France d'aujourd'hui a décrété une loi en faveur de tous les animaux. Ils sont protégés comme les hommes et personne ne peut leur nuire. Les cruautés sont jugées et punies par la loi. Je t'assure que les chats ont un statut et une identité : un nom, un prénom et un carnet pour voyager. On ne rigole pas chez les civilisés ! Mais tu as raison, je dois te raconter ton histoire, d'où tu es venu et comment tu es ce si beau chat dans la cité que les plus jolies veulent séduire ! Quand je suis née, notre maison était déjà là. Nos « parents » furent étonnés de voir une silhouette se déplacer dans leur jardin puis entrer par la fenêtre. Ils étaient incrédules. Ils croyaient que j'étais la chatte des voisins ! Chez les hommes, on n'adopte pas le chat des autres. C'est interdit. Chacun est responsable de ses animaux, les nourrir, les soigner et les protéger. Sinon, il sera sanctionné.

— Ils sont surprenants, ces hommes ! Ils nous traitent donc comme leurs enfants ? se demande le chat dont la gueule exprime l'étonnement.

— Nous ne sommes pas leurs fils ou filles mais on a la même valeur pour eux. Et les mêmes droits ! Un chat a le droit d'hériter dans cette société civilisée.

— C'est cool. J'aimerais bien acheter une voiture et la conduire ! J'en voudrais une rouge comme celle de Karim…

— Arrête tes sottises ! explose la Fille, en colère.

Elle croit que Fiston se moque d'elle.

— Les chats ne conduisent pas, ils n'ont ni bras ni mains. En plus les véhicules ne sont pas construits pour les chats. Ce qu'on peut faire, c'est profiter de ces engins. Monter près de nos maîtres et voyager avec eux dès que l'occasion se présente.

— Moi, ce que je préfère c'est ma maison. Je ne la quitterais pour rien au monde. Je n'aimerais pas voyager et quand Karim fait tourner le moteur de sa voiture, je m'enfuis à la vitesse de l'éclair. Hop, je grimpe dans un arbre…

— Je n'en crois pas mes oreilles ! J'aurais mis au monde un peureux ? J'ai cru que ce serait un héros sans crainte. Comment seras-tu mon protecteur si tu t'éloignes si vite au bruit des moteurs ? Un vrai chat ne se sauve pas quand il entend des pétarades. Sois courageux et résiste ! La vie n'est pas facile et je ne serai pas là éternellement.

— Non, non ! Tu as mal compris. Je voulais te dire que je suis prudent car les voitures et les camions sont dangereux. Je ne veux pas que Karim vive avec un drame sur la conscience. Je sais qu'il tient à moi et qu'il fait tout pour que je reste en bonne santé. Chaque matin, très tôt, je ronronne près de sa tête pour le réveiller. Je sais bien qu'il aime ça puisqu'il me caresse pour me remercier.

— Voilà un chat de sagesse. J'aime bien quand tu es prudent, mon Fifi.

Au début de la création

— Revenons à nos moutons ! dit la chatte. Si tu veux connaître ton histoire et celle de l'adoption de nos parents, je t'en raconterai un peu plus à chaque occasion. Les chats existaient avant l'apparition des êtres humains. Au début des temps, la terre était peuplée d'animaux, y compris des dinosaures. Elle avait une forte population mais sans hommes. Le paradis. Il suffisait de marcher et de se pencher pour manger. Tout était à portée de nos griffes. On vivait en paix malheureusement, elle ne fut pas éternelle. Un jour, l'homme apparut. On ne sait toujours pas comment mais les géants de la terre ont disparu et la force corporelle a été remplacée par l'intelligence de ce mammifère humain, exceptionnel en la matière. C'est lui qui est devenu le maître de la terre et des richesses. Celui qui tend sa main et redistribue. Il a tout possédé et est devenu un dieu sur terre, celui qui permet la vie et la mort.

Les guerres entre ces espèces d'animaux a commencé car l'un a tout pris, même sans en avoir la nécessité ni besoin, et les autres n'ont rien eu. L'homme, le roi du monde.

Il a créé des jeux et des évènements qui n'ont aucune relation avec la vie. Une richesse sans arbre, sans fruit, qu'il a appelée la monnaie. Il l'a faite avec de l'or et autres matériaux et a pratiqué des échanges. Il a possédé tous les êtres, sans exception. Il s'est approprié la terre, les plantes et les animaux qui la remplissent ! Au début, nos ancêtres ne craignaient rien, ils vivaient tranquillement puis la peur les a envahis et chacun a pris ses précautions de survie. C'était le début de notre ère. L'Histoire de la terre sous le joug des hommes. Les animaux dépérissaient. De géants ils ont rapetissé. Même si l'homme n'avait pas de besoins, il amassait tout ce qu'il trouvait, comme s'il craignait d'avoir faim du jour au lendemain. Pour le pouvoir, il a mené beaucoup de guerres. Il a distribué les rôles sur cette planète et a donné selon sa volonté. L'homme a construit sa loi et sa religion. Pas celles de la nature mais celles de l'intelligence humaine avec l'apparition du diable. Il a utilisé ses capacités pour faire le mal. La guerre n'a rien épargné, pas plus les humains entre eux, car chacun voulait le pouvoir. Quand ils sont en paix, toute la terre l'est et quand la guerre brûle la terre, les animaux et les végétaux périssent.

Au début de la création, un seul être comme dieu mais l'homme s'est mis à réfléchir en bête féroce alors la vie est devenue amère, le bonheur impossible. L'homme n'a rien laissé en paix, ni les vivants ni les morts. Tous souffrent de ce désir sans limites.

Je ne dis pas « bête féroce », pour diminuer l'animal, mon fils ! Mais pour qualifier l'animal que l'homme a créé pour remplacer ce qu'il est. Naturellement, doux, plein d'amour et d'amitié. C'est une bête sans autre existence que dans l'imaginaire de ce diable d'homme. On le trouve et on le voit partout dans les écrits et dans les récits.

Chacun des hommes le décrit avec une image différente selon sa culture mais il est identique. C'est lui l'enfer sur cette terre, initialement paradisiaque, où l'homme avait seulement à tendre la main pour subvenir à ses besoins.

Chez les anciens Chinois, un dragon ; chez les Américains un immense loup; ou encore un grand oiseau qui crache le feu du ciel. Un nuage qui déverse des pierres brûlantes à la place des eaux faisant vivre toute la nature dont les êtres vivants.

Toute cette misère est une imagination perturbée des hommes !

On dirait qu'ils le font exprès et si c'est vrai, c'est pervers, mon fils, car l'homme est capable de faire le mal pour en jouir.

Qui peut le faire le plus ? se demande la chatte avant de transmettre ses pensées à Fiston.

L'homme, qui se croit fils de cette terre, n'est plus. Avec son imaginaire, il vit ailleurs, sur une autre planète que la nôtre. Peut-être veut-il vivre dans un monde qui n'existe que dans ses rêves ! Mais, mon fils, on aime ce qui est onirique plus que la vie réelle. La vraie, celle du bonheur, du temps heureux, à boire et à manger. Le monde des mots que l'homme a créé ne fait pas couler l'eau du ciel, ni pousser les fruits, ni jaillir le miel d'une abeille. La parole des hommes n'est qu'une illusoire interprétation de la vérité. Une fausse piste qui éloigne du chemin de la vérité, de la nature originelle.

La vérité puis la perversité intérieure. Un labyrinthe sans sortie. Seulement une porte imaginaire laissant les hommes se fracasser les uns contre les autres en roulant à toute vitesse sur une route sans issue. Un suicide pour ceux qui connaissent la ruse et la mort pour les innocentes victimes !

Ne crois pas à tous leurs dires ! Ce n'est plus un animal, comme nous. Il s'est échappé de sa nature et son instinct a été remplacé. L'homme n'est pas un singe, ni un ours, ni un lion comme dans les grandes histoires mythiques. S'il l'a été, c'est fini ! dit la chatte en baissant les yeux pour cacher ses larmes. L'animal, le vrai, comme nous, ne changera pas. Il restera tel qu'il a été créé, mon fils.

Il y eut l'animal

Ensuite, l'homme a régné comme un cancer rongeant tout sur son passage.

L'homme a modifié sa nourriture, ses cueillettes de fruits, a ajouté la chasse, sacrifiant ceux qui n'étaient pas assez forts pour résister.

L'homme a justifié ses actes, même criminels. Tout était autorisé, y compris le martyre lors de rites imaginaires ! Sacrifier un être vivant pour une pierre, un totem.

Les hommes se sont ligués contre la vie. Abattage des arbres pour construire des chaumières et des animaux pour leur viande et leur fourrure. Chair et énergie pour les neurones. Mais de quels neurones parle-t-on ? Pour quoi faire ? Des misères autour de lui ?

Les bêtes peuplaient la terre avant les hommes ! Pourquoi ces derniers hériteraient-ils de cette planète et même des cieux ? Nous les animaux, nous n'avons jamais regardé les étoiles ni pensé à quitter ce bel astre vert et bleu. L'homme veut voler plus haut que les oiseaux et il est surpris de se fracasser. Il fonce, cela lui est arrivé de multiples fois mais il n'a rien appris de son histoire.

Dans ces circonstances, l'animal s'est retrouvé prisonnier, mon fils ! Captif à ciel ouvert. Nulle part où fuir, nous sommes pourchassés partout. L'homme voyage à nos trousses et se nourrit de nous. Il mange ce qu'il aime et gracie ce qu'il adore.

Au début, il y eut une grande révolte contre les hommes avant que l'animal ne cède à ses lois. Le monde va de mal en pis. On ne compte plus nos pertes, mon cher Fiston.

Les dinosaures

— Avant l'apparition des hommes, ces têtes brûlées, qu'y avait-il sur terre ? questionne le petit chat.

— La terre, au début, n'était qu'une boule de feu ! Comme un boulet de charbon allumé. Elle naviguait dans le ciel, sans limites, et croisait d'autres boules. Un désastre partout. Les sphères enflammées s'explosaient comme nos bombes nucléaires. Une guerre des étoiles mais entre les planètes disent les scientifiques, entre la matière. L'homme n'était pas présent. C'est la mère Nature qui conçoit l'univers et le cuisine comme une femme mélange les graines pour préparer le couscous. C'est brûlant puis au fur et à mesure qu'elle dépose la préparation dans la couscoussière ça devient tiède grâce à la main magique de la cuisinière. C'était celle de la nature que les hommes ont appelé « leur main propre » ou lui ont donné d'autres sens, comme dans les mythes grecs et leurs histoires sur le commencement de la vie.

— Ce n'est pas vrai, ces belles histoires concoctées par l'homme ?

— Mon fils, ne posons pas de questions pour lesquelles il n'y a pas de réponses. Restons dans la simplicité pour vivre en paix.

On ne peut pas juger ce qu'on n'expérimente pas ! Peut-être que l'homme un jour ou un autre arrivera à répondre. Actuellement, c'est un rêve impossible !

Les hommes se croisent, comme les histoires et la différence entre eux est visible à l'œil nu. Certains disent que la main n'était pas de la mère Nature mais celle d'un père créateur appelé dieu. D'autres prétendent que l'homme est un singe qui a évolué plus que les autres animaux et qu'il est alors devenu le maître du monde. Il conçoit les lois qu'il désire et oblige les autres à les subir, parfois avec de la souffrance.

— Mais la mère Nature qui nous a préparé le couscous de l'univers, on la voit, au moins ?

— C'est elle qui nous donne les fruits et nous nourrit ! C'est visible et personne ne peut le nier ! Mais ce qu'on appelle la Nature, c'est plus complexe que ça. Et surtout pour un petit chat comme toi.

Il faut toujours connaître ses limites et faire de ce que l'on peut. Ne levons pas très haut les yeux au ciel, comme a dit le philosophe grec Socrate, car on perdra l'équilibre et on tombera dans des puits sous nos pas. Nous n'avons que deux yeux et il faut fixer notre terre pour marcher en sécurité.

— Je crois que tant qu'on a les pieds au sol, ma petite mère, on ne doit pas avoir peur, n'est-ce pas ?

— Oui, mon grand ! Malgré tout, on est sur terre et nos pieds même fermement posés sur son sol, il faut se méfier. Il est plus sûr d'être sain et sauf au ciel plutôt qu'en marchant, précise la chatte, les yeux las de tristesse. L'homme est méchant naturellement. Il cherche à faire le mal et parce qu'il aime instinctivement le pouvoir, à devenir le plus grand, le plus haut et le plus intéressant sur terre et dans l'univers !

Il n'y a pas que des puits naturels, sur terre, certains sont plus dangereux, creusés par l'homme. Des milliers d'animaux y périssent dans un jeu sans nécessité.

L'homme veut être la main de Dieu. Il souhaite posséder la force de la nature, celle qui a engendré les univers. Il veut peupler la terre et le ciel et dominer. Rien ne l'arrête. L'histoire en témoigne.

Ce que je te dis n'est pas un conte mais une vérité. Même toi, petit, tu vois et tu sens la dangerosité des hommes envers le monde ! Tu n'es pas épargné par la souffrance qui remplace les moments de paix du passé !

Fiston reste un moment sans voix en écoutant sa mère. Alors, même un enfant innocent ne trouve pas la paix dans ce monde d'animaux impitoyables ? Pas ceux de la nature mais les créations maléfiques d'hommes sanguinaires.

Un silence de mort envahit la mère et le fils puis le dialogue reprend.

— L'homme peut-il ou non être un dieu ? demande Fiston.

— Sur terre, si ! C'est malheureux et regrettable. Un homme n'est rien d'autre qu'un homme. On ne change pas sa nature et un animal n'est qu'un animal ! Lui non plus ne varie jamais et ça, c'est la normalité.

Tout est possible. On peut devenir dieu durant une minute et après revenir à son état initial. À chaque fois qu'un humain disparaît, il est divinisé dans les récits pour effrayer ceux qui ne peuvent pas être ce que les autres imaginent !

Il aime mentir et on le croit. Il veut commander le monde et tout tenir dans sa main, sans effort. Posséder ce qu'il pense mériter. Il apprécie de voir souffrir et de dominer tels les rois d'Égypte. Un pharaon sur terre, un dieu se prenant pour le fils du soleil.

Le vrai fils du soleil, c'est toi, mon Fiston, apprécie la chatte dans un sourire malin. Tu ne vois pas que ta mère éclaire le ciel et la terre ?

— Tu es le seul astre qui éclaire la vie, ma chère mère ! Sans toi le monde serait sombre et nous serions aveugles. C'est pour toi que le ciel est bleu et que les étoiles brillent chaque jour de ma vie ! Je serais perdu si tu n'étais plus de ce monde.

— Tu vis ce qui t'est destiné, répond la mère chatte. Ce que j'aimerais c'est que tu vives heureux, que je sois près de toi ou non, toujours là à te veiller. Aucun mal ne pourrait te toucher.

Un frisson traverse Fiston, la sensation exceptionnelle de l'amour d'une mère. Si la chatte raconte ces histoires tristes à son chaton, c'est pour le préparer à ce monde sans cœur.

— On continue, ma petite mère ? propose Fiston dont les yeux brillent. On dirait Shahrayar de Shéhérazade des Mille et Une Nuits ! La mère Nature a-t-elle réussi à faire le couscous avec la matière ? Je l'imagine se brûler les mains en manipulant les graines bouillantes !

— Quand on a la connaissance et l'intelligence, tout en étant raisonnable, on réussit tout, sans problème. Pour refroidir ses graines de couscous, la cuisinière se sert d'eau froide ! C'est avec de l'eau qu'on crée la vie car elle est indispensable. C'est reconnu par les scientifiques et les croyants. Aucun doute, même avec Descartes qui savait que l'eau est vitale.

Le chat ouvre de grands yeux, ébahis.

— Mais ma mère, Descartes a dit : « Je pense, donc je suis ! » et rien d'autre.

— Tu as raison mais on ne peut plus penser si on ne s'abreuve pas ! dit-elle avec un sourire malicieux. On revient toujours à la source de la vie. La main de la nature est plus vraie que les paroles du philosophe ou de Socrate. L'eau est salvatrice mais les paroles de la vérité n'ont pas sauvé Socrate du poison et de la mort. L'histoire lui a donné raison alors que les humains lui ont refusé la justice en le condamnant à mort. Sur cette terre, on peut jouer avec la vérité comme on veut. Ici, elle est ce que le plus fort veut. Dans la vie on ne boit que de l'injustice et peut-être que la justice existera dans un autre monde !

La main de la mère est une étoile magique qui rend merveilleux tout ce qu'elle touche. La nature a réussi sa mission, la terre est devenue vivable. L'eau vitale s'est mise à couler et le ciel bleu clair a révélé l'apparition des étoiles. Les graines d'arbres ont germé et ils ont grandi pour abriter les êtres vivants. Le ciel s'est transformé en un grand opéra dans lequel chantent les oiseaux. La vie apporte la joie !

En ce temps-là, on ne parlait pas des hommes, uniquement de l'animal, cet être fidèle à la nature, la déesse sacrée. On l'aimait, on l'adorait, on mangeait ses fruits et buvait son lait et son eau. Tout était miel et sain. Pas de pollution comme de nos jours, mon fils ! De la nourriture pure. Les arbres, des géants, dont la vie était éternelle. Durant des milliers d'années et on trouve encore de nos jours, des espèces. Les animaux eux-mêmes étaient immenses, ce fut le temps des dinosaures.

— La terre s'était refroidie ou bien vivaient-ils dans l'enfer ? demande Fiston.

— On pouvait y circuler. Les rencontres entre les astéroïdes et la terre ont été bénéfiques. Elles ont créé les océans et les mers. L'eau sur des surfaces de la Terre et la fournaise se retrouvait au fond. Le climat convenait à la vie. La preuve puisque nous sommes présents alors qu'au noyau, des laves incandescentes coulent. Nous sommes en sécurité, ici.

— Tu as tout à fait raison. On ne peut pas le nier.

— Même l'homme était un géant, Fiston. Les mythes parlent d'un peuple de cinquante mètres de haut. Pour les dinosaures, nous en avons des preuves mais pas pour l'homme. Nous n'avons pas de traces, sauf celles de pas témoignant d'un physique hors norme. Nous ne savons pas si elles sont naturelles ou artificielles car l'homme est capable d'en créer pour leurrer ou plaisanter. La vérité éclatera un jour. Qui vivra verra ! Recherchons la vérité, ne nous en lassons jamais. La terre était infernal avant d'être paradisiaque, c'est ça l'histoire. L'homme apprécie l'enfer, il cherche à retourner à l'état primitif. Il marche même sur des charbons ardents pour montrer qu'il est Dieu sur terre ! dit la chatte dans un sourire ironique. L'homme pense être le maître alors qu'il est conscient que le monde existait avant lui. Il croit à des choses qui n'ont rien à voir avec la réalité.

— Comment s'est créé l'enfer ? La terre était-elle en feu ?

— Non, mon petit génie !

La mère se rend compte que son petit chat est aussi curieux qu'elle et qu'il ne s'arrête pas aux apparences. Il aime approfondir et enregistre plus vite que les autres, même adultes ! La chatte dit à son fils que sa tête est plus légère que la grosse tête de son père ! Mais Fiston n'interprète pas le sens de la phrase. Sa mère est-elle en colère contre son père, le Gars ? En le dénigrant, le disqualifie-t-elle ou était-il vraiment un ignorant, éloigné de la connaissance sans en voir l'intérêt ? Peut-être que pour lui la chasse aux souris est plus importante que les pensées et la réflexion sur les étoiles ?

Le chaton n'aime pas contrarier sa petite mère, comme il l'appelle ! Il laisse glisser ses paroles… Le temps pour s'interroger sur son père ou son géniteur, comme le nomment les humains au vingt et unième siècle, n'est pas un objectif. Un jour ou un autre la question se posera naturellement.

Fiston reste silencieux un moment avant de reprendre :

— La terre était-elle chaude ou froide ?

— Mon grand, l'enfer peut être brûlant ou glacial ! Au début, comme disent l'Histoire et les connaissances scientifiques, l'univers était plutôt très froid et dans les ténèbres. On n'y voyait rien. Nous n'y étions pas, de toute façon. Seul se trouvait-là celui dont l'œil était assez puissant pour voir au-delà des éléments. C'est vrai que raisonnablement, il perçoit uniquement la mère Nature. Pour allumer le feu, il faut connaître les matières qu'on tient dans ses mains. On l'allume avec la voix, comme dit Johnny Hallyday dans sa chanson ! dit la chatte en souriant, car elle sait que son petit chat est fan du chanteur. Pour allumer le feu, il faut une matière comme le charbon, mon chéri, ou du bois. Et pour que cette matière soit capable de brûler, il faut s'en donner les moyens. Rien ne se fait tout seul. Agir est nécessaire pour que les choses démarrent. L'univers était, à cette ère – là, un enfer froid et invisible. Le feu, une lumière pour qu'il devienne visible comme une allumette qui brûle et éclaire son environnement.

— C'est là que l'enfer glacial s'est muté en fournaise ?

— Exactement ! affirme la chatte pour compléter les paroles de son fils. « Rien ne se perd, tout se transforme ». L'Histoire de la vie a débuté par la chaleur et le cœur du monde a commencé à battre. C'était un enfer brûlant mais nécessaire. Comme un volcan, il crache sa lave qui détruit tout par combustion autour de lui puis les terres deviennent fertiles. C'est la chaleur féconde qui pousse les graines de vie à devenir des êtres dont de beaux chats comme toi, mon fils. Sans elle rien n'existe. C'est identique pour les graines végétales. La mort, l'inexistence est un enfer, mon petit. Tout comme les mots des hommes peuvent aussi le devenir pour les autres ainsi que les actes violents et l'incapacité à séparer le bien du mal. L'ignorance est un brasier. Tout peut être nécessaire et en même temps un enfer, ça dépend de l'angle de vue. L'homme, par sa perversité, rend infernal ce qu'il veut, quand il veut. C'est la misère de la création.

Quand l'allumette s'est embrasée, le monde a démarré son mouvement. C'est le début de notre Histoire. Les scientifiques l'appellent le Big Bang.

— Big Bang ?

— Oui ! Une grande explosion avant la création des êtres. Heureusement qu'elle l'a précédée, sinon, cela aurait été le commencement et la fin des univers !

— Pourtant elle est là pour réchauffer le monde et créer la vie, non ?

— Parfois en voulant la vie, on la détruit en même temps. Par erreur, on peut détruire au lieu de construire. L'acte de création n'est pas donné à n'importe qui. C'est une exception réservée aux élus. C'est pour ça qu'il est sacré par un être sacré !

— Mais les boules de feu ont-elles coulé comme la lave du volcan en sortant du cratère ?

— Non, mon fils ! Par le mouvement, des boules se tournent autour et deviennent des planètes et des étoiles de différentes formes. Comme le confiseur de barbe à papa. Il tourne sa pâte de sucre filé autour d'un bâton pour en faire une forme sphérique ! C'est la forme de toutes les créations de l'univers, comme la terre, le soleil et la lune. Elles se ressemblent et on peut les voir dans le ciel !

— Tu m'avais dit qu'il ne faut pas regarder le firmament, ni les étoiles, ni la lune... Car les animaux n'ont pas à regarder plus haut. Notre vie et sur terre. C'est l'homme qui aime mieux voler que les oiseaux et c'est son envie folle qui l'envoie vers la mort.

— C'est vrai, mon fils. Regarder vers les cieux est un comportement humain. Mais toi tu n'es pas seulement un chat-animal mais à moitié animal et moitié humain. Comme les dieux des mythes. Tu comprends aussi bien les choses que les hommes ! C'est pour ça que je t'admire et que je te parle de tant de choses. Si j'avais cru que tu étais seulement un animal, je ne t'aurais pas parlé de toutes les connaissances.

— C'est par le mouvement que les choses se forment. Un signe de vitalité. Il ne faut pas rester immobile même pour nos pensées. Il faut bouger nos neurones pour évoluer dans les connaissances. La vie est courte et on a encore beaucoup de choses à apprendre, dit la chatte.

Quand la mère des hommes prépare un pain, elle le met dans un plat de terre pour le cuire puis elle attend qu'il refroidisse pour le manger. C'est ainsi que les boules de feu, sans doute, sont devenues habitables et ont permis la vie à leur surface. En tournant, elles sont façonnées et refroidies. La vitesse du souffle devient de plus en plus importante alors la lave sèche et durcit et les petits êtres comme toi peuvent y marcher sans que leurs belles pattes soient brûlées ou enfoncées dans la boue ou la vase. Avant tout, la main de la nature ou celle du créateur comme le disent les croyants, a préparé la terre avec ce qu'il faut, comme il faut en commençant par le besoin des vivants. Avant l'animal, c'était le végétal, et tout ce qui est la source de la vie, l'eau et l'oxygène. Sans ces constituants, la vie est impossible. N'oublie pas, mon cher fils, qu'elle peut s'avérer différente ou d'une matière inconnue. On a peu de connaissances de ce qui nous entoure !

— Je constate, selon tes dires, que l'eau et l'oxygène rendent la terre comme un éden ? se demande le petit chat.

— Tout à fait, tu as raison. C'est grâce à eux et au soleil que la verdure est si éclatante. Cette étoile nous réchauffe et sans elle on disparaîtrait malgré l'eau et l'air. Cela qui me remet en mémoire les constituants vitaux décrits par les grands philosophes grecs Socrate, Platon, Aristote et leurs prédécesseurs, les naturistes ou naturalistes qui considèrent ces éléments comme des dieux, ce qui montre leurs intérêts pour la création. Ce sont des suppositions d'hommes intelligents, la vraie connaissance est dans la main du maître de l'univers.

— Mais le maître, où est-il ? Peut-on le voir ? J'aimerais bien lui serrer très fort la main pour son chef-d'œuvre ! Il me plaît bien d'autant plus que c'est la source de mon origine et de celles des autres ? Est-il toujours invisible pour les chats ?

— Non, mon fils, tu te trompes, dans ce constat ! Il n'est visible ni pour les chats ni pour les hommes ! Personne, depuis le début des temps jusqu'à nos jours, n'a pu le voir ou le décrire. Chacun suppose une vérité qui n'est qu'un peu de ce qu'il semble être, si on voit la création gigantesque qu'il a faite. « Rien ne vient de nulle part et le reste du chameau est un signe de son existence », comme disent les Bédouins arabes ! S'il y a une œuvre d'art, c'est qu'il y a un artiste derrière elle et la grandeur de l'artiste s'y reflète, complète la chatte.

— C'est compliqué de juger. On n'a pas d'assez longues pattes pour entourer la surface de la Terre et la mesurer, pas plus que les distances entre la terre et les autres astres qui éclairent le ciel.

— C'est vrai ! approuve la Fille. On ne peut pas voir au-delà de l'horizon même s'il y en a un autre éloigné de celui qu'on distingue. N'oublie pas qu'on n'aperçoit qu'un faible pourcentage de la réalité et encore moins la main du maître !

— Que faire pour y parvenir ?

— On n'a pas besoin de toute la connaissance. Celle qu'on possède nous est suffisante, tu le vois bien. Les êtres ne sont pas créés pour être des maîtres de savoirs. Ceux que nous recevons instinctivement suffisent. Certains se croient plus intelligents mais ils n'ont pas de pouvoir devant la création. Si on accepte notre destin, on vit le paradis ici-bas, le bonheur. Si on s'accroche au ciel, on perd l'équilibre et on tombe dans le trou, comme l'a dit le philosophe grec !

— Les dinosaures ont-ils chuté dans un trou, ma mère ?

— Oui mon fils, dans une immense fosse mais d'une autre nature !

La fin des dinosaures

— Raconte-moi leur histoire ! s'exclame Minouch.

— La nourriture sur terre était propre et abondante. On mangeait à volonté et on grandissait aussi sans limites, comme des montagnes. Ils n'avaient qu'à tendre le cou pour arriver au sommet des arbres géants et prendre leurs fruits. Aucun manque. L'eau du ciel tombait en abondance et ils étaient heureux. Avant l'arrivée des hommes !

— Ce sont eux qui ont exterminé les dinosaures alors ? Ils sont donc toujours les méchants sur terre ! remarque le chat.

— Non, ce n'est pas l'homme ! Malgré la férocité des hommes et leur intelligence, ils n'auraient jamais exterminé les dinosaures. C'est la main du créateur qui agit. C'est la seule qui en a la force. Un énorme morceau de pierre est arrivé du ciel, un astéroïde ! Un géant de feu pour brûler la surface de la Terre. Il peut tout exterminer. C'est l'idée d'enfer sur terre. La grosse pierre est tombée au Mexique ! On peut y voir sa trace, un trou géant de cinq mille kilomètres, une force de la nature et du feu jamais vue. On dirait le Big Bang, celui de la fin du monde, cette fois. Quatre-vingts pour cent des créations disparaissent à jamais. Si l'homme avait été présent, on ne parlerait plus de lui.

— Mais je crois que l'homme est plus fort que les dinosaures, remarque Fiston.

— L'homme n'est rien devant eux ! C'est un nain. Ce qui pousse l'homme à grandir, c'est sa curiosité et son démon le pousse à dépasser les règles de la nature et transgresser les ordres. C'est pour ça qu'il a été renvoyé du paradis vers l'enfer d'après les livres sacrés.

— Peux-tu me raconter cette histoire, ma jolie mère ? dit gentiment le chat.

— Oui mon fils, mais sois patient. Je vais terminer l'histoire des dinosaures, sinon j'oublierai tout et tu ne comprendras plus rien.

Pour apprendre les sciences et les connaissances, il faut t'en donner le temps et utiliser ton énergie et ta force. Tu hésites une seule fois dans ta vie et le chemin devient très long à tes yeux et tu ne peux plus rien faire. Tout est fatigant et lourd à porter. La réussite dans cette vie est une question de temps et de courage à se relever alors qu'on est à plat ventre, plaqué au sol. Même si on n'en peut plus, il faut essayer, mon fils. C'est une question de vie ou de mort. Une survie parmi les méchants et l'homme cruel !

— Pourtant nos maîtres, Karim et Violette, ne le sont pas ! remarque Fiston, les oreilles grandes ouvertes car c'est la première fois qu'il entend sa mère critiquer les hommes sans soustraire leurs parents adoptifs.

— Bien sûr, mon fils. Tu as bien fait de me corriger ! Je suis rassurée pour ton avenir. Ne laisse jamais les autres dépasser les lois et la vérité ! Aide-les par ton conseil et remets-les sur la voie par tes corrections. C'est ainsi que tu seras en sécurité avec des gens respectueux des lois de la nature. Si quelqu'un refuse d'entendre la voix de la vérité et de la raison, quitte-le tout de suite car ce n'est pas un bon accompagnateur sur ce court chemin de la vie.

— Je t'entends, ma mère ! C'est parce que tu es quelqu'un de bien que je te suis et que j'écoute tes conseils et seulement les tiens, du moins, pour le moment !

— Tu fais bien ! Écoute surtout ta mère. C'est la seule personne qui ne te fera jamais de mal. Sois attentif et méfiant sauf de moi. Je suis celle qui t'accepte comme tu es. Plus que ton frère, ton ami ou même ta femme. Si une mère n'est pas bonne pour son enfant, elle ne le pas fait exprès ! Un juge ne condamne pas une mère car instinctivement, elle ne peut vouloir pénaliser injustement sa progéniture !

— D'accord avec toi. Tu es un ange, le seul sur terre. Tous les autres sont des hommes ! dit le chat souriant. Il pense que du bien de sa mère. Il lui pardonne ses coups de griffes qui le lacèrent quand sa mère veut le punir ou si elle est de mauvaise humeur. Revenons à nos moutons ! L'histoire de la fin des dinosaures est connue de nos jours grâce à des découvertes concrètes. Des scientifiques ont trouvé la trace de la pierre qui a mis fin à ces géants. C'est un astéroïde.

— Un astéroïde ? Un seul ? se demande le chat.

— Oui, une seule peut mettre fin à la vie sur terre. Pire, faire disparaître la terre elle-même !

— Quelle horreur ! dit Fiston qui pose ses pattes sur les yeux pour ne pas voir l'image de cette destruction. Il imagine que ça arrive.

Le petit chat est harcelé par un cauchemar. Ils sont assis sur une chaise accrochée à deux cordes et sous la chaise, il n'y a que le vide et l'obscurité. Le siège semble suspendu à un gratte-ciel de cinquante étages. Fiston ne sait, même pas, s'il est stable ou s'il descend, prêt à s'écraser sur le sol. Sa mère tente de le remonter, sans y arriver. La seule solution salvatrice pour le chat, c'est d'ouvrir les yeux. Il trouve devant lui sa mère Violette et son papa Karim qui surveillent son réveil agité. Ils sont choqués par les cris du chaton et ses mouvements lorsqu'il tente de trouver une issue !

La vision de la terre se disloquant dans l'espace et qui s'éloigne des lumières des étoiles est une horreur inimaginable. Si elle explosait, ce serait au moins une mort rapide, mais ça reste atroce, pour le petit chat qui souhaite garder son paradis et en profiter longtemps, sa maman et lui.

— Ne t'inquiète pas mon fils ! On a du temps devant nous. Une force abstraite protège du malheur. Et tant que je serai vivante, aucun mal ne t'arrivera, même sans que je sois à proximité de toi. Je te vois et te protège, pour l'éternité.

— Merci, ma douce mère.

— Je vais t'imager des astéroïdes et ce qu'elles peuvent faire sur la nature et les créations. Un astéroïde est un morceau de pierre du Big Bang, cette explosion géante qui a allumé la matière et l'a mise en mouvement. C'est ce que disent les scientifiques, mon fils, d'après des études sûres, des observations et des expériences. Des morceaux sont réunis pour former les étoiles et les planètes et d'autres sont restées libres dans l'espace. Elles volent à volonté sans s'arrêter. Certaines se trouver piégées par des planètes à cause de l'attraction et d'autres réussissent à se libérer et à faire de grands détours dans l'espace. Elles peuvent voyager des milliards d'années-lumière et passer près de milliards et de milliards des planètes et d'étoiles. Mais quelques fois, les astéroïdes s'approchent à cause de la force d'attraction et la collision a lieu. Tu vois la Lune, éclaircit les nuits de la Terre ? demande la mère.

— Oui, maman.

— C'est comme ça qu'elle s'est conçue. De la collision d'un grand astéroïde qui s'est fracassée contre la terre. Les astéroïdes sont les sources des matières vivantes ! L'eau et l'oxygène, d'après les scientifiques. Sans les astéroïdes, il n'y aurait pas de vie sur Terre, mais le danger qu'elles apportent, c'est la mort, mon fils. C'est ce qui est arrivé aux dinosaures dans un temps très loin de l'Histoire quand l'homme n'était pas encore né !

— C'est pour ça que l'homme croit être un extraterrestre ! Géant et intelligent, un descendant des dieux et parfois un dieu sur Terre !

— Je trouve que tu as beaucoup de connaissance par rapport à ton âge, mon gentil chat. Tu es plus doué que les hommes, et tu es même le fils de Dieu, car tu es l'une de ses créations ! dit la mère chatte pour valoriser son fils.

— Ah, si les hommes comprenaient le vrai sens des religions et des paroles sacrées ! La vie serait le paradis éternel, qu'ils recherchent. Mais le malheur c'est qu'ils le piétinent. Ils marchent, par leur perversité, sur les paroles sacrées, car ils ne respectent rien au monde et surtout pas les celles de Dieu. C'est pour ça qu'ils ont été envoyés du ciel et des paradis. À leur arrivée sur terre, ils l'ont rendu enfer. C'est pour ça qu'ils sont venus. Ils sont fils du diable ! dit la chatte avec regret car elle aime les hommes, comme toutes les créations et vivre en paix sa progéniture et elle. Quand la guerre des hommes éclate, elle brûle la Terre et ses survivants. Mais ce n'est pas de la faute des hommes, si les dinosaures ont disparu ! reprend la chatte, pour ne pas diaboliser les humains.

— Peut-être que la nature est bien faite ! S'il n'y avait pas eu la disparition des dinosaures, l'homme n'aurait pas apparu, avec sa survie ! La nature est bien faite et à chacun son heure ! C'est la destinée, mon fils. Nous ne possédons pas la force de la nature pour changer les choses ni pour arrêter le temps ! Sinon, nous pourrions être éternels. Les dinosaures ont eu une certaine durée et ont laissé de l'espace aux autres. La terre ne supporte pas des milliards d'êtres vivants dont les hommes. De nos jours, mon fils avec sept milliards d'humains sur terre, l'homme a cherché une autre planète pour survivre. Car la nôtre est trop réduite pour un autre milliard. L'homme exerce sa cruauté sur les vivants. Il coupe tout pour survivre et il veut plus d'espace pour lui-même. Le problème c'est qu'on ne peut pas se passer d'arbres et de fruits et encore moins d'eau ! On a dit Dieu a fait de l'eau tous les êtres vivants. Même la Terre en a besoin comme liant. Quand il n'y a pas de pluie, la terre se fissure !

Adam et Eve

Avant de te terminer l'histoire des dinosaures et des cratères mexicains, je vais te raconter l'histoire Dieu et des hommes ! Dans les paroles sacrées relatées par les prophètes sur terre, l'homme est venu d'ailleurs, du Paradis. C'est le lieu de sa création, selon les Livres. L'homme n'est pas un singe qui a évolué en bipède, comme dit Darwin ! C'est donc le point de friction entre les croyants et les non-croyants. Chacun peut croire ce qu'il veut, un âne ou un chameau ! Veut – il vivre dans l'erreur ? C'est son choix ! L'homme a quitté le paradis pour venir sur terre. Il suffisait de tendre la main pour prendre ce dont on avait besoin. Maintenant il est en enfer s'il cherche une vie paisible et la liberté ! Sur terre il faut se bouger pour se nourrir et il faut souffrir pour vivre.

— C'est pour ça que Darwin a dit que les hommes sont des singes ! remarque le petit chat.

— Je vois que tu es plus raisonnable que ceux qui font la guerre et verse le sang des hommes et des animaux. Les singes n'ont rien demandé. Ils n'ont pas réclamé d'héritage. Les pauvres animaux sont aussi dans une guerre. Dans les forêts, les singes ont des conflits de clans et entre les hommes cela se passe avec des bombes. Même les animaux en reçoivent, sans aucune raison. Et si l'homme est un primate, pourquoi détruit-il les espaces boisés de ses grands-parents ? On ne met pas un enfant au monde pour qu'il mette le feu à leurs chaumières ! C'est de la folie et ça se croit saint d'esprit !

— Non, c'est le Saint-Esprit ! corrige le petit chat.

— Arrête mon fils ! répond la chatte en colère. Ne me prends pas pour une idiote, tout de même.

— Je voulais juste te rappeler que le Saint-Esprit a fait naître le Christ, le prophète des chrétiens.

— Même le Saint-Esprit n'était pas un Saint Gorille. Il faut appeler un chat, un chat ! Un singe est un singe et un homme, un homme ! Dieu est seul ! Il n'a ni mère, ni père, ni grand-père, ni fils !

— Tu ne vas pas te convertir à l'Islam, ma petite mère ! Tu es en France, en terre chrétienne, d'après ceux d'extrême droite.

— La terre est à Dieu, le créateur, l'homme n'est qu'un colonisateur des terres !

— C'est comme la France qui était au Maroc et en Algérie, c'étaient que des colonisateurs, la terre n'était pas à eux !

— Tout à fait ! Un jour ou un autre, l'homme ne sera plus sur terre et ce qui restera c'est le mal qu'il fait ou le bien s'il est plus humain. N'oublie pas que celui qui fait le mal le paie avant de partir de cette terre, sinon, ce sont ses descendants qui paient la facture. C'est une question d'héritage ! Rien n'est perdu tout se paie !

— Si on aime la logique et la justice juste, c'est la droite extrême droite qui a colonisé le Maghreb et les pays du monde. C'est elle qui a fait la guerre et arraché les terres des Bédouins ! affirme le petit chat.

— Mais aujourd'hui ils ont changé de discours et demandent d'oublier le passé donc la souffrance et le manque pour les enfants orphelins à cause des guerres de colonisation. En plus, on les traite comme des extraterrestres qui n'ont rien à faire sur Terre, alors que la France et tous les pays du monde ne sont que des parties de notre planète.

— Tant que l'homme n'ouvrira pas les yeux et qu'il restera irraisonnable, on marche comme un malvoyant aveugle.

— Le malvoyant n'est pas aveugle, corrige la mère chatte. Il y a des aveugles qui sont plus observateurs, attentifs et savants que ceux qui regardent la lumière. Le vrai aveugle c'est celui qui a le cœur dur comme la pierre et qui veut le pain et l'eau pour lui seul, parce que sans, la mort est au bout du chemin.

L'homme-dieu

— Dans ce que tu dis, je peux comprendre que l'homme est un dieu ou demi-dieu, comme racontent les histoires des Grecs, ce qu'on appelle des mythes ! explique le petit chat.

— L'homme est un demi-dieu, même s'il est de chair. Il peut être Dieu et ce n'est pas indifférent à ses croyances. Il suffit d'être juste pour être Dieu, car Il est juste et aime la justice ! Être généreux c'est devenir un dieu sur terre car Dieu aime les généreux ! Sauver un homme de la souffrance aussi, car Dieu a réclamé aux croyants d'en sauver un pour devenir éternel dans son paradis ! C'est ça être Dieu sans partager sa puissance ni être associé avec lui dans sa création. Mais l'homme ne peut pas être divin tant qu'il tue et fait le mal. La mort est un destin naturel pour et seul Dieu a le droit de la donner !

— Celui qui donne la mort sera chassé du paradis, comme Adam et Eve, nos ancêtres, à ce que je crois.

— Tout à fait ! Les hommes qui tuent sans raison doivent être chassés du paradis sur terre avant de l'être du paradis du ciel auquel ils croient. Quand un homme déclare la guerre et ordonne de tuer des hommes, qui nous garantit qu'il a raison et qu'il veut du bien au monde ? Il faut se méfier des hommes de nos jours et surtout de Dieu car il et ne laisse jamais l'injustice sans punition !

L'impact de Chiexulub

— Au début on trouva des fossiles d'animaux très différents de ceux des hommes. On remarqua que ce sont des êtres antérieurs à notre Histoire. Ils étaient conservés sous la terre à des milliers de kilomètres mais l'érosion et les volcans les ont remontés des profondeurs de la terre vers la surface. Parfois, les mouvements des séismes ou des poussées de plaques tectoniques ont créé de grands cratères ou des montagnes très hautes comme tu peux le remarquer clairement à la surface. Sinon c'est l'érosion due aux mouvements des océans ou les vents violents qui ont érodé la couche terrestre ces restes ont apparu des milliers d'années avant les hommes ! Quand la terre se couvre et découvre avec les marées, l'homme trouve des trésors de la vie qui permettent de décrire l'histoire de la vie et celle de la création des astres. L'homme n'a pas le pouvoir de connaître des milliards d'années passées antérieures à son apparition. Cependant il peut lire les traces de la vie et les circonstances de leurs disparitions. L'homme avec son intelligence, mon petit chat, arrive à lire entre les lignes. Ils ont en eux un pouvoir magique que les chats n'ont pas ! Sauf celui qui est prophétique comme mon petit Fiston ! dit la chatte dans un grand sourire.

— Une maman amoureuse de son fils ! remarque le petit chat en riant car il sait qu'elle exagère. Les chats ne peuvent pas être des prophètes ma chère maman ! Mais de ta bouche, c'est du miel. Merci pour tes compliments. Je n'aime pas te décevoir alors je ferai mon possible et même l'impossible pour être le plus beau et le plus intelligent chat de l'Histoire !

— Le plus beau chat, tu l'es déjà, mon cher Fiston ! Je n'en demande pas plus. Je t'accepte tel que tu es et tu me donnes du bonheur chaque jour quand je regarde tes yeux briller. L'intelligence, tu l'as aussi. Il suffit d'écouter tes questions savantes sur la vie et tes connaissances… Ce que j'aime le plus, mon cher fils, c'est que tu apprends la morale et la discipline donc une conduite exemplaire sur cette terre pour que ton passage laisse une bonne trace de bonté et que tu sèmes la paix et l'amour ! C'est ce qui manque entre les hommes et les êtres vivants comme nous. Si un jour tu deviens leur maître et que tu leur apprends la vraie connaissance instinctive des vivants, perdue avec le temps, tu seras un vrai prophète le plus intelligent car tu les guideras sur le chemin du bonheur et de la paix.

— Si c'est pour ça, ne t'inquiète pas ma mère. Je saurai te satisfaire, je ferai de mon mieux. Si je suis là devant toi à t'écouter attentif à chacun de tes mots et à chaque action de tes pattes, c'est pour ne rien manquer de ta sagesse que je ne trouve nulle part ailleurs. Tu es la plus belle et sage chatte dans l'Histoire. J'ai une grande chance de t'avoir. Si je deviens prophète des chats, ce sera grâce à toi !

— Mon fils, ce n'est pas impossible qu'un animal soit prophète ! Je vais te donner un exemple des croyants et leurs livres sacrés.

« L'histoire dit que les deux fils d'Adam et Eve se sont fâchés l'un contre l'autre. Ils ont présenté un sacrifice à Dieu dont un a été accepté et l'autre refusé. Celui à qui été rejeté n'a pas accepté le jugement du créateur et a accusé son frère d'être coupable, par jalousie. Il l'a frappé de colère et l'a tué ! Le criminel qui a commis cet acte, le plus grand pêché des hommes, – donner la mort-a regretté mais c'était tard. On ne peut pas redonner la vie et c'était le destin de la victime. Au début des temps, personne n'avait la connaissance pour savoir quoi faire avec un mort. Le coupable est resté, les mains autour de la tête, à réfléchir, à la suite à donner pour le corps de son frère. Dieu a envoyé un corbeau qui a mimé l'acte de violence avec un autre corbeau. Après l'avoir tué, il a creusé un trou et l'a couvert de terre. C'est comme ça que l'homme a pris à inhumer ses semblables ! » Un corbeau a transmis la connaissance divine, comme le font les prophètes.

Quand il n'y a plus de prophètes, quelqu'un les imite instinctivement pour apporter la voix du ciel ! La nature est bien faite.

— Et le cratère au Mexique ? J'aimerais bien connaître la fin.

— Bien sûr, mon fils, j'y arrive. Mes paroles, hors de l'histoire, ne sont que des interlignes pour te montrer pourquoi on racontait ces faits. Pour chacun d'entre eux, une raison et un sens en résultent. Voilà pourquoi on parle du passé et des ancêtres, mon fils.

— Bien sûr !

— L'histoire est un recueil d'aventures. La terre a été touchée par des astéroïdes et cela continue encore chaque jour ou à chaque minute. On ne le remarque pas car la nature est bien faite. On est protégé par l'atmosphère de la Terre. C'est un don du ciel que d'autres planètes n'ont pas eu. C'est pour ça que la Terre est habitable et que la vie y a évolué !

Parfois la nature est la plus forte et vie sur Terre est vulnérable. Une pierre d'une centaine de mètres peut être dangereuse pour la survie. Ce que l'on perd est très important car on ne veut pas de mal ni aux proches ni aux autres. Quand des catastrophes arrivent et nous tombent sur la tête et que nous sommes incapables d'empêcher, c'est un drame que l'Histoire racontera *ad vitam aeternam !* Ce qui a frappé au Mexique était le plus puissant que l'Histoire de la Terre ait connu. Le plus ancien aussi, qui a mis fin à des géants. C'est ce point qui est important, car la Terre et les étoiles avant et après leur construction existent grâce aux impacts. Ceux-ci ont créé les astres. Ce qui donne de l'importance au cratère de Chiexulub, c'est qu'il a causé la disparition des dinosaures. Cela a été prouvé par des archéologues et prouvé par un chercheur américain Robert d'Alma. L'impact dévastateur fait plus de 3000 kilomètres et s'est produit il y a soixante millions d'années !

— Je rêve ma petite mère ! Les chats ne vivent qu'une vingtaine d'années… Donc on n'est pas prêt de voir ou d'être victime d'un astéroïde !

— Ne te moque pas, mon fils, on y est tout le temps exposé. Ils tournent au-dessus de nous et on ne pourra rien y faire. Nous sommes entre la main des éléments plus forts que la science et l'intelligence de l'homme. La nature se détruit pour construire, rien n'est perdu, mon fils, sauf la vie. Quand elle s'éteint ici, elle s'allume ailleurs, comme les étoiles. La mort des hommes, comme la leur est naturelle. « Rien ne se perd, tout se transforme ! » a dit un philosophe.

— Ça nous donne la preuve que la vie est très importante mais fragile et qu'il faut la conserver par tous les moyens !

— Oui, mon fils ! L'homme est un grand ignare. Il n'apprend rien. Comme un homme qui salit son lieu de vie et le quitte après. L'homme détruit l'atmosphère et cherche à en trouver un autre mais jusqu'où ? Les étoiles ne sont pas à portée de main. Elles sont éloignées mais on les croit tout près comme un assoiffé qui suit des mirages, dit la chatte avec un air triste. Puis elle se tait.

Le petit chat la mime en regardant les étoiles.

Attiré par le récit, le petit Minouch n'arrive pas à se détacher de sa mère. On dirait Chahrayar devant sa belle Shéhérazade. C'est tout à fait ça, Fiston et sa mère en Mille et une étoiles, la magie du vingt et unième siècle !

— Mais comment obtenir ces connaissances avec une telle précision ? se demande le chat.

— L'homme avance à pas géants, grâce à son intelligence. Il veut bien faire, le plus vite possible. Il est pressé après avoir pris connaissance qu'il ne lui reste pas longtemps à vivre sur cette planète Terre. Il a perdu le paradis et il en cherche un deuxième. Peut-être qu'il trouvera d'autres, tout ira bien. On aura plus d'espace pour les hommes, les bêtes et les végétaux. Les hommes sont de plus en plus nombreux sur cette Terre et c'est un danger de l'intérieur. Un jour ou un autre, on aura besoin des ressources de la vie, la nourriture et de l'eau propre à la consommation. Si la Terre ne change pas de nature, sa couleur verte et bleue s'éteindra et ne brillera plus dans les cieux !

— On a, aussi, besoin d'amour, ma petite maman !

— Bien sûr. L'amour est la lumière de l'existence quand il n'y a plus de soleil ni d'étoiles, autour de nous. Je ne dis pas le contraire. Tant qu'il y a de l'amour, le plus petit coin de la terre atteint la grandeur du ciel.

— Regarde, nous deux ! désigne-t-il ses mères et lui, de ses belles pattes. Nous sommes heureux ! Nous nous aimons fort et nous nous soutenons. Aucune différence entre nous et nous partageons tout.

— L'amour d'une maman est unique. Personne ne peut en ressentir d'aussi puissant à part une mère qui a désiré mais souffert pour mettre son fils au monde. Elle perdrait ce qui lui est le cher, sa beauté, sa jeunesse, sa santé et donnerait à manger à son enfant avant de se nourrir. Même si elle restait sur sa faim, son fils serait le premier. Elle pourrait mourir pour préserver la vie de son fils ! Les hommes, par contre, sont égoïstes et n'ont pas d'amour les uns pour les autres ! À la naissance la mère donne l'exemple de l'amour mais à l'âge adulte, dès que son enfant est autonome, il devient un singe féroce. Un animal dominant, dieu sur terre. Et il croit que ce qu'il fait s'appelle grandir… On mature en soi si on n'est pas grand dès la naissance. L'homme peut être un géant par son amour, pour les autres. C'est ainsi qu'on vénère les héros qui se sacrifient. C'est bien de chercher ailleurs d'autres espaces mais on s'est trompé de chemin, il faut chercher en soi le paradis d'amour qu'on a perdu, mon fils. Par amour on accepte son destin puis de partir en paix, et laisser les autres, vivre. On n'est pas éternel contrairement à l'amour. C'est pour ça que l'intelligence de l'homme est un don de ciel et un cadeau empoisonné pour lui.

Quand on lâche les rênes du cheval, on en perd le contrôle et directement on va dans le mur. C'est qui est arrivé. On ne peut plus se passer de vivre égoïstement et c'est ce qui allume l'enfer. Quand on aime, on vit heureux, on ne sent plus la souffrance. On devient un dieu capable et puissant.

— Tout à fait maman. Je n'ai besoin de rien ni de personne puisque tu es là.

— C'est ça une maman, mon chéri !

La chatte est satisfaite et le montre en souriant à son fils.

— Mais n'oublie pas, mon cher bien-aimé, qu'on a une immense maman qui nous berce chaque jour, chaque minute de notre vie, c'est la terre. La mère Nature qui nous donne la vie et dont la vie est celle de tous les êtres. Il faut l'adorer et l'admirer comme une maman ou plus car elle est encore plus importante. Quand la maman ne sera plus là, c'est la terre qui prendra la suite pour nourrir les petits. L'homme ne peut pas s'en passer. La vie, c'est cette terre et le paradis, avant de le trouver ailleurs !

— J'ai compris cette idée, ma mère. Peux-tu continuer l'histoire du cratère et de la disparition des dinosaures ?

— J'ouvre des parenthèses, parce que l'histoire et la parole n'ont aucun sens si on ne peut pas utiliser leur sagesse. Elles nous montrent le chemin et nous éclaircissent l'esprit. Le cratère est un grand trou à la surface de la Terre ! D'après les recherches et l'analyse des savants, il n'y en a pas de plus grand que celui du Mexique !

— Donc, si je comprends bien il y en a d'autres ?

— Oui, mon chéri mais ils ne sont ni plus grands, ni plus forts car la collision d'un astre, d'une comète ou d'un astéroïde se mesure par sa taille et sa force d'explosion ! La Terre est fragile, malgré son importance ! Il suffit d'un astéroïde de trente mètres de diamètre pour commettre un dégât remarquable. Une pierre d'un kilo est plus dévastatrice qu'une bombe nucléaire quand elle tombe à une méga vitesse du ciel. Ici, nous ne sommes pas à l'abri, même si le ciel, ce toit nous protège par son atmosphère. Il arrive à des astres très puissants d'arriver à la surface, comme ce fut le cas au Mexique. On a eu de la chance de ne pas être nés. Une puissante explosion géante ne peut pas passer inaperçue et son empreinte est toujours tracée comme son cratère, visible de nos jours.

— On peut le voir maman ?

— Bien sûr mais pas d'ici. Il faut que ton papa Karim et ta maman Violette nous y emmènent dans un petit avion. À une certaine hauteur, on remarquera le cercle qui s'étend sur plus de trois mille mètres. Pour en avoir une idée, tu peux remarquer sur la surface de la lune de petits trous formés par des chutes de pierre. Elle n'a pas d'atmosphère pour résister à la force de la collision, comme c'est le cas de la Terre. C'est pourquoi je t'avais dit que le ciel est un toit pour la Terre.

— J'imagine, avec la force du feu, ce qui est arrivé aux dinosaures, ces pauvres bêtes.

— Je confirme ! La Terre était paradisiaque avant.

— C'est le ciel qui a puni les dinosaures ?

— On peut le dire ! Comme l'histoire des peuples Comores et Domores. Il a plu des pierres brûlantes qui les ont exterminés.

— Ces pauvres hommes n'avaient rien fait de mal pour mériter une telle punition. Des pierres au lieu de pluies qui irriguent la terre !

— Bien sûr, mon fils, je comprends ton raisonnement, mais le ciel non plus, n'est pas coupable car par nature, la destruction est suivie de construction…

— Des êtres doivent disparaître pour que d'autres apparaissent ?

— Oui, mon fils ! C'est comme ça. La vie est faite de cercles.

— Revient-on après notre disparition ?

— Personne ne le sait ! remarque la chatte, tristement. La vie est un cercle comme le soleil. Il disparaît le soir et s'élève à la même place, le lendemain. On peut constater sa présence quand il éclaire mais s'il est dans l'ombre, la nuit, dans les ténèbres comme on dit dans les grands mythes des hommes, on ne le voit pas mais il existe. Il est toujours illuminé. Par contre, de l'autre côté de l'horizon, d'autres le voient, brillant et réchauffant. Comme nous ! Quand notre âme est allumée on est là et on n'est plus quand elle s'éteint. Notre absence dans ce monde n'est pas absolue car on existe toujours d'une façon ou d'une autre, ici ou ailleurs. C'est pour ça que nous sommes des mortels immortels, mon chéri, comme des dieux.

— C'est vrai, que nous parle toujours de nos ancêtres disparus il y a longtemps !

— Oui, nous laissons nos traces, en bien ou en mal, comme le cratère de l'astéroïde. Comme ça on vit éternellement, dans la mémoire. C'est nous qui choisissons notre façon de vivre en bien ou en mal. On est responsable de nos actes et de ce qu'on laissera après notre passage comme un chameau en plein désert qui laisse l'empreinte de ses pas.

— Les dinosaures, n'étaient-ils pas intelligents comme les hommes pour éviter de commettre des bêtises et qu'ils soient punis par le ciel ?

— Bien sûr, ils n'étaient pas très intelligents mais suffisamment pour vivre comme des dinosaures. Il ne faut pas changer ce que l'on est. Vivre comme on a été créé et accepter ce qu'on est, dinosaure ou chat, pour bien vivre avec soi-même. La faute des dinosaures, c'est d'avoir voulu voir plus haut. Ils étaient, au début, dans l'ordre des poissons puis des ailes leur ont poussé. On dit que les dinosaures sont les ancêtres des oiseaux ou même des poules. Certains parlent de tortues ou de grands lézards. S'il n'y avait que des dinosaures sur cette Terre, d'une façon ou d'une autre, nous sommes leurs descendants qu'on soit reptile, oiseau, poisson ou chat ! C'est ce qui est logique sur terre ! Si, on joue avec une autre logique, alors là… Il faut laisser l'interprétation au créateur de l'univers. On n'a plus rien à dire. Comme on dit, il faut passer la balayette devant sa porte et jouer sur ton terrain, pas dans celui des autres.

— Je l'ai bien compris, c'est ton dicton préféré !

— Oui, car on est en paix quand on joue devant notre porte. S'éloigner d'un pas et des astéroïdes humains tomberont sur nos têtes. Surtout, les nôtres, des communautés des chiens et chats !

— Les hommes sont cruels. Ils n'épargnent, même pas les hommes, leurs frères !

— Je suis tout à fait d'accord avec toi. C'est ainsi qu'ils enclenchent la guerre partout ! Les dinosaures ont disparu par la guerre ! La faire, être massacré mène à la disparition de l'espèce. Si cela ne vient pas d'eux, ce sont les cieux qui s'y mettront.

— Les dinosaures ont commencé les conflits entre eux. Ils ont mangé la chair de leurs frères de sang et la punition céleste est arrivée. Un astéroïde géant a mis fin au conflit.

— C'est ce qui arriva aux hommes, s'ils n'arrêtent pas les hostilités.

— La guerre est arrivée de l'enfer et l'homme à endosser la peau de la bête. Il a pris différentes formes, dinosaure, lion, loup, dragon qui crachent le feu en parlant, même dans les moments paisibles.

Nos totems sont adorés comme des dieux et on s'est pris pour eux, avec leur puissance imaginée. Rabaissant les faibles, les traitant en esclaves, semant la peur et la souffrance, alors la punition serait méritée. Au temps des dinosaures, la nature avait épargné dix pour cent de la création, maintenant c'est fini. Plus aucune chance. Nous resterons éternellement les maudits de l'Histoire, nous qui avons poussé vers la fin du monde !

La Terre mère

— Pourquoi les hommes croient-ils que la Terre est une mère pour eux, alors qu'elle ne l'est pas ? Ils ont tous des mères humaines, non ?

— C'est une longue histoire très compliquée. La Terre était et restera la mère symbolique et sans elle, il n'y aurait pas de vie, ni dans le passé et ni dans le présent, ni dans le futur ! La Terre est le lieu de la vie, c'est de son ventre qu'on est né. On est de la même matière et c'est pour ça on l'a nommée ainsi. Dans les livres sacrés des hommes, ils disent que l'homme fut créé à partir d'un peu de terre, comme un céramiste façonne un pot. Les hommes et toutes les créations retournent à la terre après leur mort et on se transforme tous en terre. Ce n'est pas tout, il y a encore des miracles sur cette Terre. On ne peut pas vivre très loin d'elle. À sa surface, dans ses océans et dans le ciel, il y a de la nourriture. Surtout ce qu'on respire. Ton papa Karim appelle cela de l'oxygène. C'est une matière gonfle les poumons et nourrit notre sang pour que nous restions en vie et donc en mouvement. Il a dit que sur d'autres planètes celles que tu les vois briller la nuit, les étoiles, il n'y a pas de vie car l'oxygène et l'eau manquent donc la vie aussi. Il peut y en avoir une qui ne ressemble en rien à la nôtre. Des matières acides incompatibles. C'est de là, d'où vient l'intérêt pour la Terre, la source vitale. On doit la vénérer et la chérir comme une mère, celle de toutes les créations. Sans oublier que les vraies mères comme moi sont des progénitures des êtres vivants animaux ou humains comme la mère de votre papa Karim ou de ta maman Violette.

— Oui, ça, je l'ai compris mais dire que c'est elle la créatrice et qu'elle est une déesse, c'est exagéré par rapport à la logique.

— Je suis de ton côté, mon génie de fils. Le créateur des êtres ne peut être la Terre, alors qu'elle-même est une création alors qu'il y a des milliards d'étoiles et de planètes qui tournent autour. Cette idée est folle ! À chaque fois que l'homme ment, une étoile apparaît au ciel.

— Il crée des étoiles avec ses mensonges ? demande le petit chat, croyant que sa mère dit vrai.

— Non je dis ça vis-à-vis de la création. Par contre l'homme ment, c'est en lui. Une erreur mauvaise, immorale, maudite mais possible ! Une façon de fuir la vérité, ce qu'un animal ne fait jamais ! Il est plus noble qu'un homme, puisqu'il vit selon naturellement selon son instinct. L'intelligence des hommes n'a pas empêché le mensonge et la violence ! Sans cette intelligence, il n'y aurait pas de guerre. La vie serait du bonheur et on n'aurait pas perdu pas notre paradis.

— D'après toi, l'homme a créé des plantes avec ses mensonges ?

— Dans son imagination, oui. Ceux qui prétendent qu'ils ont créé quelque chose sont fous ou mythomanes. Tout est présent dans notre mère Nature.

— Il n'y a pas de création, c'est une façon de parler, alors ?

— Voilà, tu as tout compris. Ils se donnent de la valeur avec prétention. On ne peut pas créer ! La première nécessité serait la vie ! Ni l'homme, ni l'animal, ni la Terre ne peuvent la mettre au monde. Elle est en eux naturellement et ils la donnent instinctivement. Ils sont obligés de la donner qu'ils le veuillent ou non. Ils sont faits pour ça sinon il n'y aurait qu'une terre stérile. Ils ont des rôles spécifiques à jouer. C'est pour ça qu'ils prétendent être maîtres de l'Univers ! Surtout l'homme… Ni la terre, ni l'animal, ni le végétal ne l'a revendiqué. C'est l'homme, toujours l'homme, le coupable avec ses idées folles.

— Tu m'as dit que la Terre mérite d'être une mère. Si j'ai bien compris comme les hommes ?

— Tu raisonnes bien, plus que les hommes. Tu dois l'être, sinon, tu ne serais pas mon bébé, le chat sage ! dit la chatte, souriante.

— C'est un beau compliment, maman ! Un sage ne peut l'être que s'il a une mère sage elle-même, sur une Terre sage !

— La Terre l'est depuis toujours. Elle donne sans rien demander. On lui coupe et ses arbres, on boit son eau, on respire son oxygène et elle est toujours aussi généreuse. Elle donne sans compter. L'homme lui, a un tempérament à le faire. Il calcule tout le temps. N'oublie pas que s'il compte trop, c'est qu'il n'a pas suffisamment. Il manque d'amour et quand il veut être généreux, il en attend un retour. La Terre est cette mère calme, généreuse qui vit dans la noblesse et l'apaisement. Elle donne comme une reine, comme une déesse. La Terre lutte pour garder la vitalité en elle, même quand elle reçoit des coups très violents.

Regarde, mon fils, quand, elle a été frappée par le grand astéroïde en plein ventre, elle a fait renaître les êtres vivants. À chaque fois, une renaissance. C'est pour ça qu'on la vénère cette Terre et qu'on l'aime. Sans elle, on n'en serait pas là.

Les tribus anciennes

Au début, l'homme était reconnaissant sur la vraie valeur de la Terre ! Il la vénérait en tous lieux et en tout temps. Il sanctifiait tous les êtres qui naissaient de cette mère comme des frères. L'homme dansait de joie. La vie était là partout et il avait une oreille très sensible à la souffrance, une ouïe absolue qui détectait les faibles voix de la nature. Par contre, maintenant, on n'entend que des sons artificiels. L'homme est devenu sourd aux murmures de la nature qu'il a rendue plus ou moins muette. On en est conscient mais les seules solutions qu'ils ont trouvées c'est de découvrir d'autres planètes pour recommencer. L'égoïste ne pense qu'à lui. Il se moque de détruire la vie. Il ne pense pas à nous, les chats, ni aux oiseaux ni aux arbres. Cette Terre souffre sans voix et l'homme est aveuglé par les étoiles. Il cherche sa perte. Un trou noir qui l'absorberait et l'emmènerait dans les ténèbres. Triste fin !

— Mais quel diable les a accompagnés pour arriver à cette folie ?

— Il n'y a pas d'autre diable que lui ! Il l'a fait émerger. L'homme serait plein de noblesse s'il créait un dieu. Il suffit de l'imiter pour le devenir. Générosité, miséricorde, justice… Il n'est pas interdit d'être un dieu, comme lui dans le positif mais il faut refuser d'être un diable qui sème la mort.

L’apparition des hommes

— Maman d’où sont venus les hommes ?

— Tes questions sont vraiment gênantes. Une petite chatte comme moi n’a qu’un petit cerveau de quelques centimètres. Ce qui peut être un départ pour répondre à ta grande question, c’est que l’homme n’est pas éternel sur cette terre ! Ce n’est pas un dieu, non plus, comme le supposent certains, imbus d’eux-mêmes. C’est pour ça qu’il est mortel, comme nous les chats. Il s’est intéressé à cette question, plus que tu ne l’imagines. La réflexion vient du plus profond de lui. Il se pose la question pour se donner plus de valeur et montrer que son origine est noble. C’est ainsi qu’il a choisi d’être le maître, et que nous aussi, les chats, jouons le même rôle. Chacun fait ce qu’il faut pour que la vie continue, pour lui et sa progéniture. Une chatte met bas ses chatons comme une maman accouche et s’en occupe des enfants sans avoir le besoin de personne. Chacun vit de son côté sans déranger les autres. C’est ce qu’on appelle une vie paisible, mon fils.

Sais-tu que les hommes sont jaloux des chats ?

— C’est une première pour moi ! Je n’ai jamais cru que mon papa, Karim, ni ma maman, Violette, aimeraient vivre la vie d’un chat.

— Je t'ai eu, mon fils ! Je l'ai dit que pour montrer que l'homme est égoïste quand il présente un service à la nature. Il veut montrer que ceux qui lui sont fidèles et qui vivent chez lui sont tranquilles. C'est une façon de montrer qu'il est généreux et qu'il s'occupe bien des invités ! Pourtant les chats ne le sont pas, ils ont vécu sur cette terre avant les hommes.

— Ah bon ? demande Fiston, interloqué.

— Je te le promets. Avant eux se trouvaient l'animal et le végétal. Mais tout était géant. Nos ancêtres mesuraient une douzaine de mètres. Ils étaient immenses avec de très grandes dents. Ils dévoraient l'ennemi d'une seule morsure et luttaient contre les dinosaures de trente mètres de haut.

— Nos ancêtres ont exterminé les dinosaures, alors ? Est-ce possible ?

— Non, mon fils ! Même si chaque animal protégeait son espace vital pour survivre, les guerres entre eux n'étaient pas féroces comme celles des humains. Ils n'ont exterminé personne. C'est un mot de l'homme « exterminer », les animaux ne le connaissent pas. Les animaux aident les faibles à vivre et leur apportent de la nourriture si besoin. Tu vois bien qu'un petit chat comme toi, tu offres à ton maître Karim, une petite souris pour qu'il se nourrisse, lui aussi ! Tu l'aimes bien ton maître ? Je me trompe ?

— Tu as raison ! Je l'aime bien ce gentil humain. Il est différent des autres.

— Auparavant, tout était grand. Les animaux, dont les chats, ont écrit l'Histoire dès son début avant l'apparition de l'homme.

— Ils n'avaient pas de maison ?

— Ils n'en avaient pas besoin, ils étaient partout chez eux. Ils habitaient où ils voulaient et se promenaient en toute liberté. Aucune frontière. La terre était libre à tous !

— C'était vraiment un paradis !

— Un vrai, sans aucun doute. Et le seul. Nos jours sur notre terre nous font une vie de souffrance et de misère, mon fils. Les êtres ont commencé à préférer la mort à la vie. Notre maître Karim dit que les hommes, aussi, ont ce sentiment. Les vivants sont jaloux des morts !

— Beurk ! Pourtant la vie est belle.

— C'est sûr, la vie est toujours plus belle. Il faut profiter de chaque moment. Elle est courte, plus courte de celle de l'homme. Nous ne vivons qu'un cinquième de la leur, s'ils ne sont pas massacrés par les pervers. Même pour eux, la vie est courte ! On ne peut pas tout voir ! La création se fait sur des milliards d'années. Ni l'homme ni les chats ne peuvent attendre pour voir sa grandeur. C'est pour ça que nous sommes des ignares. On n'apprend rien, on n'a pas le temps. Le jour se lève et la nuit tombe déjà.

— C'est vrai ce que tu dis quand on se donne du temps pour réfléchir. Notre connaissance n'est rien devant la création. Une goutte d'eau dans l'océan.

— Tu as tout compris. Il faut toujours se méfier de ce qu'on connaît. Ce n'est rien face à l'immensité des connaissances.

— Mais la tienne me suffit, maman. Je n'en ai pas besoin de plus.

— On peut vivre instinctivement, sans connaissances. On a vécu avant elles et on vivra sans.

— Ce n'est pas la peine de perdre le temps à étudier, alors ?

— Ne me fait pas dire ce que je ne dis pas ! La connaissance est une lumière. Quand on apprend, on avance paisiblement. On répond aux questions que nous nous posons. C'est ça la vie, elle n'est que connaissance. Il ne faut pas perdre de temps à autre chose et on vivra heureux.

— C'est pour ça que je te pose des questions, maman. C'est pour savoir !

— Bien sûr et c'est pour ça que je te réponds.

— J'ai une envie que les animaux et les hommes géants reviennent !

— Moi aussi c'est mon envie, mais ce qui disparaît ne revient jamais. C'est pour ça qu'il faut retenir très fort ce et ceux qu'on aime. Avant leur départ car quand ils partent, c'est pour toujours !

— Comment l'homme est-il apparu là où il n'y avait que ces animaux ? demande Fiston revenu à sa question initiale.

— Personne ne peut y répondre… Ce qui est sûr, c'est qu'au moment où les dinosaures, tes préférés, vivaient, l'homme était absent. Donc la disparition de ces géants fut un profit pour l'homme. Retournant à la cause ! Quand l'astéroïde est tombé au Mexique, une explosion gigantesque a chamboulé la Terre et ses habitants. Le feu a tout brûlé et la poussière a étouffé tout ce qui vivait. Tout est devenu noir comme une nuit profonde. Pas de soleil. Ça a duré très longtemps, des années et des années incalculables. Tout a péri à la suite de l'explosion, par la famine ou le manque d'oxygène. La Terre s'est refroidie par manque de soleil. La vie est plus forte que la mort. L'apocalypse ne l'a pas empêchée. La chance était là, nous sommes la preuve que tout n'a pas péri dans cette catastrophe !

— Mais comment des êtres ont-ils pu s'échapper ?

— Le créateur a donné sa force à ses plus faibles créations ! Un exemple pour te faire comprendre que ce n'est pas parce qu'on est le plus grand qu'on est le plus fort. Des êtres ont vécu alors qu'ils n'étaient pas des géants et des dinosaures ont disparu alors qu'ils l'étaient. Peut-être que dans ce cas, ils avaient besoin de plus importantes quantités de tout. Plus de frugalité permet peut-être de vivre longtemps jusqu'à ce que les ressources vitales réapparaissent ?

— Tu peux préciser ?

— Je ne sais pas mon fils ! Quand le raisonnable s'arrête, l'instinct reprend ses droits. C'est dans nos gènes. On survit sans le savoir comment faire et c'est aussi, le destin de chacun de nous. On n'a pas tous la même résistance. L'un et plus prêt que l'autre. Des expériences démontrent ce que je dis : un scorpion est capable de se laisser geler et enfermer dans la glace pendant un moment, sans manger, boire ou respirer jusqu'à ce que la glace fonde ! Durant cette période il revient au naturel. Un ours, aussi, est capable de passer six mois dans le froid sans se sustenter puis il se réveille de son hibernation et reprend ses activités. C'est comme ça qu'ils peuvent passer les moments difficiles et survivre.

— Mais quels animaux ont réussi à survivre au temps des dinosaures ? Y a-t-il des exemples ?

— De ce que j'en connais, sans certitude, il s'agirait des tortues et des crocodiles. On dit que les poules étaient les descendantes des dinosaures mais personne ne peut l'affirmer. Le plus important, c'est que des êtres aient pu dépasser la chute de l'astéroïde.

— Et les hommes ? Ils n'étaient pas avant, comment ont-ils apparu ?

— Ils sont arrivés avec l'astéroïde, mon fils. Ce sont des extraterrestres venus de loin dont ne sait où !

— Même pas vrai ! Tes yeux brillent…

— Tu as raison. Leur arrivée sur terre est un miracle que personne n'explique ! Nous n'avons aucune preuve de rien, chacun peut dire ce qu'il veut.

— Qu'est-ce que ça veut dire ? Les hommes sont vraiment des dieux ou des anges du ciel ?

— On ne peut pas être dieu, il n'y en a qu'un c'est le créateur, celui de notre origine. Nous sommes tous des fils de Dieu. Pas de la façon humaine, quand d'un homme et d'une femme, mais comme un potier qui avec de l'argile façonne un pot de terre !

— Mais de quelle argile parles-tu ? On peut créer un Karim avec de la terre ou une belle Violette ?

— Non, cela en est une qui n'existe pas sur notre planète ou un symbole de la création, personne ne connaît sa forme. Les hommes croient ce qui est dit dans les livres sacrés.

— C'est vrai, c'est un miracle pour les hommes d'être arrivé d'aussi loin sur cette Terre mais elle souffre de leur ignorance et leurs violences !

— Voilà, tu as tout compris. Nous ne pouvons pas changer notre destin. L'homme est là, il faut faire avec. C'est un passage. Il n'apprend rien de son histoire, il est d'abord sorti de son paradis et il ressortira pour la deuxième fois de cette Terre. Il est maudit, on le chasse partout.

— Quand je vois les fusils déchirer le ciel, je pense que l'homme partira de son plein gré, cette fois !

— Il cherche naturellement la souffrance. Comme une fourmi qui sort des ailes pour voler comme un oiseau, et qui se dirige vers sa mort. D'une façon ou d'une autre, on est tous arrivés d'ailleurs. Au début il n'y avait rien et voilà des astres qui circulent à la une vitesse de la lumière dans l'espace. Rien ne les tient, ils sont dans le vide. Voilà pourquoi notre logique n'a plus de sens. On ne construit une chaumière dans le vide sans qu'elle soit calée sur des fondations qui supportent son poids. Les planètes elles, n'ont pas besoin de cela pour leur stabilité. Le mouvement est automatique, instinctif. Une vie incroyable qu'on ne peut pas soupçonner. Les étoiles elles-mêmes sont comme les êtres vivants. Elles naissent et elles meurent ! Le monde est créé d'une main de maître, un connaisseur plus capable que nul autre au monde. L'homme ne peut en aucun cas être le créateur Dieu. L'homme lui aussi, est emporté dans cet univers très vaste. La création s'étale à l'infini. Personne ne sait comment ni pourquoi ! Personne ne peut appréhender le futur des hommes et des planètes. On vit et on suit les mouvements des astres. Le secret est en eux.

— La vie, aussi, est venue d'ailleurs ! L'eau, la matière, le vent qui souffle, c'est d'ailleurs, plus près du soleil et des étoiles. Cet univers est si vaste qu'on ne peut le visiter en une seule vie. Il nous faudrait des milliards et des milliards de vies. Impossible ! C'est pour ça que toi, mon petit tu es là ! Pour continuer la mission. Quand je serai partie, tu feras ce que ton instinct te demande. Explorer le monde et l'Univers et transporter les connaissances des vivants pour que cette vie créée dans ce petit bout de l'Univers survive à l'infini.

Les Totems

— Ce monde-là fait peur, maman !

— Tu as raison. Quand on pense à l'immensité qui nous entoure, à ce qu'on ne connaît pas, à notre pouvoir et nos faiblesses, on peut être craintifs. Ce monde-là et inconnu pour les petites créations, comme toi et moi, y compris pour Karim et Violette. Le remède c'est de ne pas penser ! Laisser la nature faire et suivre la direction du vent. Il nous porte. Un œil veille sur les hommes et les astres. On en a la preuve depuis des milliards d'années. La destinée, personne ne peut l'empêcher et ce qui n'arrivera pas on est impuissant à le faire venir. Nous sommes entre les mains de la mère Nature, c'est elle qui nous berce.

— Mais ça n'empêche pas d'être effrayé !

— C'est naturel, mon petit chat. C'est la peur qui nous tient dans ce monde. Un instinct de survie, sinon le vivant disparaîtrait. Même l'homme a peur de l'inconnu. Elle n'est pas pour ceux ou celles qui sont très loin, mais aussi, pour ceux qui nous sont proches. Les arbres, les fleuves, le vent, les nuages… Tout est en mouvement et c'est un danger pour la vie. La vitesse du mouvement nous laisse peu de chance de réfléchir et d'agir, nous les petits de ce monde. On a des craintes parce qu'on ne peut pas éviter le pire. La seule chose, c'est la prière. Se faire aider par des forces géantes. C'est comme ça qu'on voit des totems partout, chez nos parents adoptifs, aussi. Des têtes animales et des formes représentant les âmes des êtres visibles et invisibles. Ceux de la bonté protègent de ceux qui représentent le mal. Ce sont des dieux pour les hommes. Les petits animaux, comme nous, ne peuvent compter que sur les hommes. Ils ont plus de pouvoir pour faire réagir ces puissances de la nature. Ils ont une façon pour le faire, c'est de prier. Nous les animaux, ne connaissons pas ce secret. Des mots et des gestes qu'eux seuls, les hommes possèdent. C'est pour ça qu'il croit être divin. Un roi qui règne sur la terre et ses habitants. On a de la chance d'être à leurs côtés, leurs amis et leurs alliés, sinon, on ne survivrait pas longtemps ! L'homme est cruel avec ses ennemis !

Elle regarde ailleurs pour cacher ses larmes. Elle pense aux actes de guerre qu'elle a vécus.

La Morale

— Mon fils, chez l'homme tout n'est pas négatif ! Il y a dans leurs dires et faits ce qui est nécessaire à l'organisation de leur vie. Chacun doit connaître ce qu'il doit faire pour les autres et réciproquement. L'existence doit être organisée avec entente et accord. C'est là que la morale joue son rôle et se montre indispensable. On ne peut vivre librement sans limites sur cette terre car en s'avançant trop, on piétinera la liberté des autres. C'est ce qui crée les conflits et les guerres chez l'animal, avant l'humain ! On vit la laïcité dans la société et la morale est toujours là. Les hommes ont essayé avec toute leur intelligence de l'éviter et de l'éradiquer, s'il le fallait mais ils n'y ont pas réussi. La morale se présente comme la solution sociale concrète et la méthode radicale pour organiser les hommes. D'après le bout de chemin que l'homme a fait dans l'Histoire, on constate que l'homme est contre la morale ! Mais de quelle morale, parle-t-on dans ce cas-là ? Celle que les hommes créent et obligent à suivre. Surtout quand il s'agit d'erreurs ou d'une idéologie qui donne plus de pouvoir à un groupe sur les autres. La vraie morale est appréciée par tous. On ne peut, en aucun cas, la refuser et même si on le fait, elle est là, autour de nous. Elle nous anime secrètement car la morale est la loi de la vie. Elle existe dans tout ce qu'on fait. En la niant, on forme un vide autour de nous. On donne l'occasion aux pervers de l'imposer et de manipuler. C'est nul. Cela n'organise en rien à la société alors qu'on a besoin d'un cadre, de lois et non de transgressions. Rien n'est créé par hasard, chacun de nous a un rôle à jouer. La morale d'origine instinctive donnée par notre mère Nature est remplacée par les lois de l'homme. Tant qu'il sera juge et partie, il faudra se méfier de sa justice. Les hommes voient leur intérêt avant celui des autres et on rencontre rarement des anges humains. Ils n'existent pas. Ou alors peut-être au paradis, là-haut, où on ne peut pas voir !

Fiston l'observe sans un mot. Quand la maman parle de morale, c'est sérieux, il ne faut pas la contrarier.

— Mais on voit que la morale c'est parler dans le vide !

— Oui, mon fils. Tu as bien raison. Parfois la morale n'est que de la parole car il est difficile de l'appliquer. Elle n'est pas là pour ça mais pour qu'elle se transforme en fait dans notre vie quotidienne. Quand un homme dit dans ses prêches : « Il faut entendre mes dires sans suivre mes actes », c'est un signe que ses faits ne sont pas de ce qui est moral. Car la morale chez lui n'est faite que de mots. L'homme sait qu'il est difficile de lutter contre les plaisirs de la vie. La raison a été délaissée pour profiter de la vie et oublier les obligations. Quand un homme ou un animal n'écoute que son instinct tel qu'il l'aime, il se retrouve plus tard en difficulté. Sanctionné. La morale est là pour nous protéger de ce qui nous fait mal en ne croyant qu'au plaisir. L'excès est mortel.

— Mais dans la vie, on peut remplacer la morale par la loi !

— C'est ce qu'on dit, mon fils ! En réalité on n'a rien remplacé. Les lois, elles-mêmes, sont de la morale. On change les mots et on supprime ce qu'on déteste et on prétend mettre en place quelque chose de différent, alors que l'homme sait qu'il ne peut rien créer. Il découvre les lois de la nature, rien de plus. On ne peut en aucun cas la changer. L'homme n'est qu'un écolier en première classe de ses études. Il apprend à lire et à écrire. Quand on fera le tour des étoiles qui éclairent notre ciel, on pourra venir dire qu'on est maître de l'Univers. C'est impossible ! L'homme est pardonné car il a été créé ignorant mais curieux et toujours dans l'erreur. Il fait ce qu'il peut et la morale n'en demande pas plus. Tant qu'on recherche le meilleur et à améliorer nos connaissances, on est sur le bon chemin vers la vérité à laquelle personne ne peut prétendre, morale ou non !

Les mots

— Au moins, l'homme est intelligent puisqu'il a développé des mots pour s'exprimer et dire ce qu'il pense !

— Les mots ne font pas le sens, c'est lui qui pousse les mots à sortir vers l'extérieur. Et nous les chats, nous comprenons le sens sans avoir besoin de parler. Avec un seul miaulement, on transmet ce qui est simple et compréhensif tandis que l'homme avec des milliards de mots n'arrive qu'à des guerres très compliquées. Il invente des phrases et in ne trouve rien de mieux à faire que des guerres mondiales qui marquent les siècles au fer rouge.

— L'homme est fou ! Il ne mérite pas d'être un chef sur terre !

— Ni un Dieu, mon fils. Un jour ou l'autre, c'est l'animal qui prendra le relais. Regarde ce que dit le film « La Planète des Singes » ! rit – elle.

— J'aimerais que mon maître Karim soit le roi et ma maîtresse Violette la reine à la place d'un gorille. C'est mignon, un singe, mais qu'il reste où il est comme il est.

— Ce sont les hommes qui évacuent les singes de leurs lieux en coupant les arbres et en construisant des gratte-ciels à la place. On a besoin d'être au sol pour manger des proies ou brouter l'herbe comme la chèvre.

— La Chèvre de Monsieur Seguin ?

— Oh non, mon fils mais tu dis bien ! L'homme fait la même chose que la chèvre de Monsieur Seguin, il se met dans la gueule du loup.

— En fait, plus que ça ! Si le singe c'est King Kong, là, il s'est mis entre les mains d'un dinosaure, ce géant, plaisante le chat.

— On fera renaître les dinosaures, c'est ce que les gens cherchent et même, les extraterrestres !

— J'ai entendu dire que l'astrophysicien anglais Stephen Hawkins a recommandé de ne pas les chercher car c'est enlever une pierre sur un nid de fourmis.

— Tout à fait ! Tu mérites d'être le chef de ce monde, tellement tu es raisonnable.

— C'est ce qu'ils disent. Les chats sont plus intelligents que les hommes ! continue à plaisanter le petit chat.

Les grandes histoires de la création

— Mais comment cet homme est arrivé sur terre ? redemande Fiston. Au moins il a réussi à éviter l'explosion, s'il est venu sur un astéroïde comme celui du Mexique.

— Il n'y a pas de science exacte pour donner la réponse, mais je peux te transmettre ce qui se dit et à toi de trouver la vérité, ta vérité. Suis ton instinct, n'écoute pas les autres. Dans ce qui est écrit dans les grands livres sacrés, les premiers manuscrits, l'homme était là depuis la formation de la Terre et des astres. Cette planète a été conçue pour les hommes et non pour les animaux et les plantes ! C'est ce qu'il en dit, selon son dieu qui lui révèle pourquoi ce monde est né. Sa création a duré sept jours qui n'avaient pas la même durée que maintenant. » Chaque jour, chez Dieu correspond à mille ans chez Lui » dit le saint Coran chez les musulmans et autres croyants, chrétiens ou juifs. Ce qu'on peut comprendre, c'est que l'univers s'est élaboré par étapes et ce qui est confirmé par les scientifiques. Pas de problème sur ce point-là, puisque les recherches approuvent les informations des livres sacrés. Bien sûr, dans ces livres, il n'y a pas de précisions, car le but de la transmission de ces paroles n'avait pas de motif scientifique. La religion n'est pas une science, comme les mathématiques, la physique ou l'astronomie, c'est l'expression des connaissances par des symboles et des phrases qu'il reste de temps à autre à interpréter. Et c'est ce que font les sciences qui mettent en mots le sens, selon l'avancée des recherches et le pouvoir humain à comprendre. Tant que les mots du ciel ne seront pas clairs, l'homme ne trouvera pas le sens de la religion, innocente de toute interprétation malvenue. Car elle peut prendre des significations qui n'ont rien à voir avec ce que disent les paroles sacrées. L'erreur consiste à avoir des certitudes. Personne, en vrai, n'en est sûr, sauf celui qui a livré les paroles, Dieu. Par égoïsme ils restent accrochés à leurs interprétations et ça devient un jeu de pouvoir entre eux, ce qui conduit à des guerres de cent ans. De là, les hommes ont rejeté les conflits religieux et ont détesté Dieu. Ils ne veulent plus de lui. Pourtant dans les livres sacrés Il demande de ne pas être dur avec les hommes et de les laisser comprendre, chacun selon ses capacités. Ils arriveront à Dieu par le chemin qu'ils connaissent, avec leurs moyens. Dieu ne veut pas qu'ils viennent vers lui, comme des aveugles. Il souhaite qu'ils arrivent satisfaits, avec approbation, ce qui n'est jamais le cas quand on oblige un homme à croire ! Si Dieu, le plus puissant, aimait que les gens ne soient que croyants, Il l'ordonnerait. Il n'a qu'à dire soyez et ils le seraient. Dans les livres, il est annoncé que la Terre sera aussi habitée par des incroyants. Comment peut-on prétendre que la Terre n'accueillera que les croyants ? Donc celui qui transmet ces idées, fait mentir Dieu. Ce sont des parenthèses pour comprendre la perversité humaine. Au début, il n'y avait pas d'humain sur Terre. D'après les livres, l'homme vivait au paradis, un lieu mystérieux que personne ne connaît ni comment il est. Ce qu'on peut en connaître, c'est qu'il est de la même nature que la Terre pour les hommes. Rien n'y manque pour la vie. Un jardin sans souffrances. Ses serviteurs, des anges à leur service, jour et nuit. Il suffit que l'homme demande et ils répondent. C'est un ordre du créateur. On est toujours en bonne santé au paradis. Pas de maladie. Le repos éternel.

— Comme c'est bien maman ! Pour les hommes et les animaux ou seulement les premiers ?

— Pour tout ce qui vit. Ce n'est pas comme sur terre. Chez les chrétiens, il y a un paradis des chats. Chez les musulmans, le paradis, c'est pour tous.

— Et comment on vit là-haut ? Comme des hommes ou comme des anges ?

— Comme sur terre ! Corps et âme. On vit avec ceux qu'on aime et on peut avoir plus de Houri, les vierges du paradis, la liberté et aucune injustice. Ceux qui se demandent pourquoi Dieu ne fait rien pour éviter les guerres aux enfants et aux faibles, le livre répond que Dieu a décidé de laisser l'homme choisir ses actes. Rien n'est perdu, celui qui est victime sur terre sera récompensé là-haut.

— Les hommes font des bêtises en quittant le paradis éternel pour vivre la souffrance ici-bas !

— Tout à fait, le plus idiot, c'est que la bêtise a été faite par les parents de l'homme, Adam et Eve !

— Comment ? Des parents tombés dans l'erreur ?

— Oui mon fils. L'erreur est humaine, à tout âge, même adulte. Le plus intéressant, c'est de demander pardon, de ses faiblesses.

— Qu'a-t-il fait Adam pour pécher ?

— Ce n'est pas Adam, c'est sa femme Eve ! Cette fois, c'est la femme. Elle a obligé Adam à manger la pomme, ce qui était interdit.

— Mais Newton dit que la pomme tombe toute seule pour qu'on la mange, grâce à la pesanteur

— La pomme est un symbole pour dire autre chose. En réalité, ils étaient capables, maintenant, de faire des bébés ! Et c'est leur crime, peut-être.

— On fait des bébés uniquement sur Terre alors ils ont mérité d'y venir

— Au ciel, il n'y a pas des bébés, sauf ceux qui nous ont quittés, malheureusement.

— Pourquoi les gens quittent-ils la Terre ?

— Parce qu'elle devient un enfer pour eux. La Terre est paradis et enfer, en même temps ! Vivre c'est souffrir.

— Mais que peut-on faire si c'est notre destin ? s'interroge le petit chat.

— Il faut éviter, le plus possible, la souffrance et vivre de peu. Si on est sur le bon chemin, on vit que le paradis, même ici.

Les paroles des hommes

— Et les paroles humaines ? Comment firent-ils pour les créer ?

— Mon fils, s'il y a quelque chose de sacré dans l'homme, ce sont bien ses paroles. Elles sont multiples, bien plus que celles des chats et autres animaux. Les hommes ont la capacité de parler alors que les animaux n'y arrivent pas malgré les sons qu'ils sortent. L'intelligence a joué un rôle dans la vie des hommes. Ils ont su organiser et écrire le sens de ces voix et réussi à créer des dialectes et des langues. C'est à ça que sert la main, elle aussi, sacrée. Les Arabes disent pour les paroles et la plume à écrire le même mot, le *kalam*. C'est très étrange que certains hommes disent que la langue arabe était celle du père des humains Adam et de leur mère Eve. Ainsi elle a été la langue du livre et celle qui a transféré les paroles de Dieu à l'homme. Il n'y a pas plus noble.

— Si je parlais la langue de Dieu, je serais moi, aussi, un Dieu ? dit le petit chat avec fierté.

— Non, mon fils ! répond la chatte fermement. Dieu n'est pas que paroles. Il est plus que ça. Par contre l'homme s'est considéré Dieu rien qu'avec ça ! Il est devenu le maître du monde, pour ne pas dire Dieu mais personne ne peut l'être… Celui qui a créé les univers, est unique dans son être et ses faits, personne ne lui ressemble. Sinon, on verrait de nouvelles créations quotidiennes, des univers et des étoiles. Et l'homme le clamerait tout de suite. Rien ne se cache, mon fils, le monde est devenu un village, les informations circulent à la vitesse de l'éclair.

— C'est vraiment étonnant que l'homme ait la parole et personne d'autre. Ce n'est pas juste !

— Quand on parle de ce qui est juste ou non, il ne faut pas se méprendre sur le pouvoir du créateur. C'est lui qui a composé chaque chose à sa façon. Personne ne peut lui demander de comptes. Le plus important, c'est que l'homme a des responsabilités sur cette Terre parce qu'il a la parole. Il en est redevable contrairement à nous. L'homme par ses faits et de ses dires peut mériter le paradis ou l'enfer, tandis que nous sommes protégés. Il faut voir le verre à moitié plein, mon fils !

— Nos maîtres Karim et Violette méritent le paradis car ils sont gentils avec nous, n'est-ce pas ?

— Oui, c'est ce que je ressens, moi aussi. Ce sont des anges sur terre !

— C'est vrai, les paroles ont permis les signes et les lettres ce qui a favorisé l'invention de machines et de faire de grands travaux et donc de réaliser des miracles.

— Oui mais l'homme ne deviendra jamais Dieu qui possède des secrets ne personne d'autre ne peut obtenir. L'homme ne sait que ce que son maître veut qu'il connaisse. Il y a une justice qui nous met à égalité, c'est que nous sommes tous mortels, l'homme, l'animal et la flore. La vie éternelle est de l'autre côté, là-haut, après l'horizon !

— Suffit-il de traverser la mer pour la trouver ?

— C'est une façon de le dire car personne n'a réussi à revenir de l'au-delà pour savoir. Celui qui traverse ne revient jamais. Comme dans le triangle des Bermudes, on n'échappe pas à sa puissance. Maintenant on a d'autres triangles là-haut, « Les trous noirs ». Même la lumière ne réussit pas à s'échapper.

— Donc ce n'est pas de leur pouvoir que les hommes parlent ?

— Le mot et la parole ont d'autres sens dans les livres sacrés que l'alphabet et la conjugaison. Ce sont les secrets de la vie, l'action, la chaleur, l'âme… Le mot est grand et vaste de sens. Il est le secret de la vie.

— Les poètes peuvent-ils créer un univers ?

— La poésie n'est que du bla-bla. Créer un monde imaginaire est dans leur pouvoir. La parole des hommes n'est que mensonge, mon fils, quand elle se contrarie avec celle du ciel. Ils sont très doués pour cacher la vérité !

C'est pour ça qu'il a perdu les vrais mots, ceux que Dieu leur a révélés. Leur imagination est immense. Elle dépasse les limites mais leurs paroles ne sont que des erreurs, même celles des sciences. Des suppositions. Pourra-t-on, un jour, arriver un jour à la vérité et avoir le secret du ciel ?

Points de vue des scientifiques

— Et que pensent les scientifiques, des hommes ? Sont-ils plus raisonnables ?

— Il aurait fallu qu'ils le soient. Ils ont refusé l'existence de Dieu en considérant que c'est de la pure imagination des poètes. L'homme aime le pouvoir sur terre. Et au ciel ! remarque la chatte moqueuse.

— Il aime avoir tout à portée de main. Les scientifiques n'ont pas fait mieux ! Ils ont supposé des théories, des hypothèses. Rien n'est sûr et certain à cent pour cent. Pourtant, s'ils arrivent à réaliser leurs projets c'est grâce à la parole, qui est sacrée et est un don. La science dit que l'intelligence des hommes leur a permis de créer le langage. Ils ont imité la nature, les sons et suivi le rythme de l'eau et des étoiles ! Si la nature elle-même était muette, comment aurait-elle été le maître pour apprendre aux hommes à parler ? C'est fou, quand même !

— Tu es plus raisonnable que les savants, ma petite mère.

— Je fais ce qui est dans mon pouvoir, mon fils, pour ne pas être bête et pour que tu ne le sois pas !

— Et pour Adam et Eve, que pensent les érudits ?

— C’est très compliqué pour eux, aussi. Même si on est attentionné et de bonne foi, chacun dit à sa façon sa vérité, mais le résultat est le même. Les connaisseurs racontaient que l’homme est venu d’ailleurs !

— C’est un extraterrestre alors, comme on a dit ! s’exclame le petit chat, joyeux.

— Une façon de le dire car on est toujours extra quelque chose. Nous sommes à l’extérieur de la terre, sur sa surface et cela ne suffit pas ! L’homme est venu d’ailleurs comme toute matière sur Terre. Par exemple, l’eau n’est pas de cette planète. On dit qu’elle est arrivée dans les météorites qui ont franchi l’atmosphère. S’il y en avait une, en ce temps-là, car avant l’eau, je ne pense pas qu’il y avait une atmosphère. C’est grâce à la vapeur d’eau qu’elle s’est faite. Ainsi que l’oxygène, source de la vie, la nourriture, mon fils, la nourriture ! Sans lui, tous les vivants mourraient.

La Terre s’est fabriquée dans le vide comme, la fabrication du pain, mon fils ! Vois-tu ton papa Karim fabriquer son pain ?

— Il est doué pour le pain traditionnel et surtout celui de campagne.

— Qui est aussi celui de la ville ! Les citadins le mangent. On peut dire labourer à la campagne et manger dans les villes, car sans le pain, il n’y aurait pas d’homme sur Terre.

— Dis donc !

— Les citadins ne vont pas manger des pneus de bus, à la place du pain d’orge, non ?

— Tu as raison, maman ! Et pourquoi le pain d'orge ?

— Ils disent qu'il guérit et donne de la force à l'estomac. Il se mâche et facilite les bonnes fonctions.

— Eh oui, pour ceux qui ne trouvent pas la farine douce ! C'est vrai, les riches mangent des brioches, comme la reine de France et surtout celle d'Angleterre, Elisabeth II.

— Voilà, tu as des connaissances en Histoire, remarque la chatte, joyeuse.

— Donc après la fabrication du pain terrestre, l'homme est arrivé ?

— Comme toujours, mon fils ! L'homme est attiré par le pain et surtout le couscous, pour ceux du Maghreb, comme ton papa Karim. Ta maman Violette est attirée par des galettes des Rois. Voilà, tu sais tout, maintenant.

— C'est vrai que le pain a une très bonne odeur, dès qu'il commence à cuire. Alors les chiens accourent. L'homme, lui aussi, est comme un chien, pour le pain. Il pourrait vendre père et mère pour un bon morceau de pain.

— Mais ce n'est rien, un croûton !

— Quand on est rassasié, je suis d'accord avec toi, mais quand on a faim et on mange même des racines infectes. Parfois, on vend même une partie de son corps. Pour manger, certains vendent leur rein et encore plus intime de leurs corps ! La vie n'est pas facile pour l'homme, pas plus que pour nous.

— Et comment l'homme a-t-il réussi à voler depuis les cieux avant d'arriver sur Terre ?

— Il était différent, d'après ce que disent les scientifiques ! Ce n'était qu'une cellule ou plusieurs, enfoncées dans la matière qui les enveloppe et bien conservées dans de grosses pierres ainsi que l'eau et l'air !

— Il y a sûrement une main derrière tout ça et qui fabrique le monde, comme le père fait le pain !

— Sans doute, mais cette main aime rester cachée alors ce n'est pas la peine de chercher comment, car c'est ce qui allume la guerre entre les hommes !

— Oui, maman, mais on ne peut en aucun cas camoufler la vérité ! Elle existe sans doute. C'est elle qui a conservé la vie surtout celle des hommes si supérieurs. Elle doit être la main de Dieu le créateur comme disent les croyants.

— Tu as raison, tes sentiments s'accordent avec les paroles des livres saints. Il y a une existence dont on ne doit pas chercher le comment ni le lieu.

— Et pour les scientifiques ?

— Ils disent que la nature est la mère des créations. C'est tout.

— Alors la nature doit être vivante dans ce cas, car on peut faire des vivants que par des vivants, non ? C'est ce qui serait raisonnable.

— Je suis tout à fait d'accord avec toi. La nature reste de la matière sans vie qui ne peut en aucun cas, d'après notre réflexion, devenir vivante ni éternelle, comme le créateur !

— Donc là, c'est réglé. Le créateur vivra éternellement alors.

— Le créateur est vivant et c'était nécessaire pour que le coup de pouce soit donné et que le monde commence son mouvement d'horlogerie. C'est le début de l'Histoire des créations.

— Et comment a-t-il commencé s'il n'y a pas de main vivante derrière ?

— Les scientifiques disent que la matière était là, d'une forme imprécise, pour eux. En désordre qui, un jour, s'est réchauffée, s'est allumée et a explosé. Ce fut le début de l'Univers, le Bing Bang, comme l'appellent les physiciens.

— Mais pour allumer le feu et réchauffer le pain, il faut des allumettes et surtout celle de la Charette, son illustration qu'aime, mon papa Karim et qu'il a l'habitude d'utiliser au Maroc.

— Il faut une allumette et une main derrière. On revient à cette main derrière l'écran ! C'est elle la force qui a poussé les créations et qui a créé l'explosion initiale. C'est elle Dieu ou la force de Dieu. Comme l'a dit Platon, un philosophe grec, « La main a poussé une seule fois et est restée inerte. »

— Mais quand on pousse une fois, on peut recommencer.

— Tout à fait d'accord avec toi, mon fils ! Je suis sûr que si les créations arrêtaient de tourner et s'apprêtaient à tomber, la main pousserait une deuxième fois, pour que le monde tourne encore et encore, comme un danseur soufi, un derviche. Ils sentent le mouvement du monde dans leurs corps et ils regardent toujours le ciel et les étoiles.

— Ils ne tombent pas quand ils tournent longuement ?

— Ils s'assurent dès le début qu'ils sont sûrs du plat et ils tournent sans se faire de mal.

— C'est vrai que le rythme et la musique leur donnent l'origine du lieu d'où la vie arrive. La vraie source du mouvement !

— Je crois que tu es plus philosophe que les philosophes !

— Nous sommes dans un moment difficile de l'Histoire ! On ne va pas se mettre d'accord toi et moi !

— Tout à fait ! Ces questions et réponses sont-elles des allumettes qui mettent le feu entre les hommes ?

— Ne t'inquiète pas, maman, le feu chez nous, chauffe notre repas ou nous tient chaud au moment du gel !

— Certains disent que l'homme est venu tel qu'il est maintenant, depuis le paradis ! D'autres qu'il est venu, minuscule cellule dans des astéroïdes volant dans le ciel !

— Et d'autres disent qu'il descend du singe si on croit Darwin.

— Hé, hé, hé, la théorie de Darwin est rigolote ! Même moi, jeune, je ne la crois pas. C'est facile, il faut faire l'expérience. Il faut enfermer un singe dans une cage et attendre qu'il devienne un homme ! Je ne te garantis pas le nombre d'années-lumière !

— Tu l'as dit. Les scientifiques l'ont fait et même le singe a souffert en restant singe. On n'a pas eu d'homme et même un singe refuse de le devenir. L'homme est le plus cruel des animaux. Il ne sait que faire souffrir les êtres pour son bien-être et son égoïsme. Pourquoi, aimerait-on être comme lui ?

— On peut être humain sans être un homme !

— Tout à fait quand une femelle singe allaite son petit, le protège du mal et des autres en sacrifiant sa vie, elle est comme une humaine. L'humanité c'est l'amour et l'homme égoïste n'en a pas ! C'est une pierre sans cœur.

— Quel dommage pour cet animal féroce qu'est l'homme !

Darwin et le singe en lui

— C'est vrai que l'homme, au temps de Darwin, aimait être représenté comme un animal ou par un animal, comme dans les tribus primitives. Il était pour lui la force, le courage et même un dieu qui avait créé le monde et qui le protégeait. C'est pour ça qu'il l'adulait et le considérait comme sacré. Mais l'homme, le faible n'est en aucun cas un descendant de l'animal, quel qu'il soit, singe ou chat ! L'homme est un homme, comme le disent les écritures. Il est né être gracile mais fort d'esprit. C'est là le secret, le don. Un diamant pur dans la tête, ce qui lui permet d'être le plus intelligent.

— L'homme est-il plus costaud et plus savant que les anges ?

— D'après les écrits et c'est ce que pensent les croyants. Ça se voit, quand même ! Il a réussi à créer des machines à tuer et des fusées qui déchirent le ciel et se rendent vers d'autres planètes. Sans oublier ce qu'il utilise pour parler d'un continent à un autre, le téléphone et l'ordinateur. L'homme est capable de tout. Inventer un robot en acier avec le même caractère qu'un humain. La seule chose qu'il ne réalisera pas, c'est de créer un humain avec de l'argile comme l'a fait Dieu. C'est annoncé dans les livres saints, un défi pour qu'il reste simplement un humain et en aucun cas Dieu qui créa l'âme et la mort !

— Donc l'animal est plus fort que l'homme et l'homme plus intelligent que l'animal ?

— Oui, mon fils ! La force de l'animal est son arme pour survivre. Il l'a toujours conservée. Le secret de l'homme c'est d'être un animal en évolution qui organise d'autres forces qu'il ne possède pas naturellement.

— L'intelligence est le signe que l'homme est le fils de Dieu, alors ?

— C'est exceptionnel et Dieu est intelligence et force.

— Mais l'homme a créé des dieux en argile et en acier. Il a même pris une pierre, comme totem, comme dieu.

— Ce sont des illusions, mon fils ! L'homme a oublié les consignes et les lois et a refusé les ordres et les conditions de la vie, dans l'au-delà avant de les refuser ici. C'est pour ça qu'il vit dans la souffrance.

Freud a dit que le manque d'une fille par rapport au garçon est le même pour l'homme par rapport à Dieu. Une absence car il est dans son esprit. Le plus fou c'est que les psychiatres, qui ont remplacé les hommes de religion, disent que pour grandir il faut « tuer » le père, et le père des hommes, c'est Dieu. Tu ne sais pas qu'ils disent que le Christ est fils de Dieu ! Il le croit vraiment. Ils n'acceptent leur nature pour s'épargner la souffrance du manque, alors c'est l'enfer. Les guerres, elles-mêmes sont menées à cause du manque. On veut tout ce que l'autre possède. Ce que l'homme demande, il n'en a pas besoin ! Il ne lui faut que de la patience et l'acceptation de soi. L'un complète l'autre, animal et humain, nourrit l'autre, aide l'autre. On a besoin d'être ensemble pour vivre et survivre, pour vaincre la souffrance avant d'être en paix, tous ensemble au paradis promis !

— Mais parfois l'homme aime faire des miracles, alors que les miracles viennent du ciel !

— C'est leur erreur ! On ne peut pas en faire. La vie est un miracle ainsi que la survie, mais c'est dans notre instinct. Dieu est seul à en faire alors que l'homme engendre plus de souffrances pour lui et ses congénères. On tue symboliquement le père et la mère aussi ! L'homme n'a rien trouvé de mieux que d'ajouter des gènes humains dans la tête d'un singe pour observer son évolution. C'est le travail de quelqu'un qui a perdu les pédales !

— Tu as raison maman, l'homme a non seulement perdu les pédales mais il est aussi resté pieds nus.

— Tout à fait ! Ce que l'homme a créé avec ses soi-disant miracles, c'est un King Kong qui lui a bouffé les pieds ! Un monstre. Voilà ce qui arrive quand on n'en fait qu'à notre tête. C'est la fin du monde. En cherchant des extraterrestres, on précipite la disparition humaine ! Et si les extraterrestres étaient de gros dinosaures qui mangent les hommes, comme dans les histoires de Sind Bad, le marin ?

— C'est vrai. On a eu de la chance que les anciens aient rencontré des créatures uniquement dans leurs rêves. Si ça devenait la réalité, nous serions foutus ! Et qu'est-ce qui laisse l'homme fou de rage à chercher à devenir l'autre ou à transférer les autres êtres vivants en hommes ?

— Il croit que ce fait-là est un acte de ciel, celui du créateur. Le pouvoir de réaliser ce qu'il veut ! Ce qu'il oublie, c'est que nous sommes tous un seul, homme ou animal. On a en nous plus d'éléments qui nous rassemblent que de différences. Il faut les apprécier et donner de la valeur à ce qui est le plus cher en nous. Il faut voir ce qui nous unit plus que ce qui nous sépare. C'est la nature qui a fait de l'animal ce qu'il est et à l'homme ce qu'il a. le but de chacun de nous est semblable, vivre et passer en paix sur cette terre sacrée ! Sans piétiner les traces de nos ancêtres et laisser un bon souvenir et un bon avenir aux nouveaux arrivants, après nous. C'est ça le rôle d'un être vivant qui respecte le créateur et la création ! dit la chatte.

Dieu, le géant et l’homme

— C’est bien d’être géant, maman. Être le plus grand !

— On ne peut pas l’être, dans ce monde ! Ce n’est pas par la taille qu’on l’est. L’homme croit qu’il mesurait cinquante ou cent mètres au début des temps. Mais que signifie cinquante dans ce vaste monde ? Peut-être que sur terre, on dira qu’il est le plus grand, mais la terre elle-même n’a pas de masse devant les autres créations extérieures.

— On aime dire grand pour devenir dieu ou fils de Dieu ?

— C’est ça, mais être Dieu est impossible. Dieu est ailleurs. On ne le voit pas et on ne peut pas le toucher mais il existe car ce monde tellement beau, ne peut pas avoir été conçu à partir de rien. L’humain comme ton père Karim ou ta maman Violette, on peut les voir et les toucher, donc, ils ne peuvent pas être Dieu. Et il est unique mais il peut être multiple dans sa volonté. Il peut tout, sans exception ! Mais dans son imaginaire, l’homme peut être un géant et le dieu de lui-même, ce qui n’est pas interdit. On peut être ce qu’on veut, c’est une liberté de notre cerveau et c’est un jeu ! Sans cet aspect ludique, la vie serait triste. La seule façon d’être heureux c’est de posséder une grande imagination. C’est facile, plus facile que la réalité. Dans l’histoire ancienne que celles plus qu'Adam et Eve, l'homme mesurait cinquante mètres. Malgré sa taille, il n'a pas osé se prétendre Dieu. On peut l'être en étant prophète car on entend ses paroles dans cet univers. Et ça suffit à l'homme car c'est le plus grand honneur. Un vrai prophète, comme celui que l'Histoire a connu, reçoit les paroles saintes comme un poste de radio reçoit des ondes. On ne les voit pas mais elles sont là. On ne peut pas les toucher pas mais elles existent. Pour les recevoir, il faut avoir une capacité peu commune. Prophète, tu n'es pas tout à fait épargné de tes responsabilités. C'est un poids sur les épaules de l'homme car on ne peut en être un vrai sans respecter les autres. Une responsabilité à porter et souffrir pour être digne de cette représentation. C'est pour ça que les prophètes ont beaucoup souffert. La vérité n'est pas toujours la bienvenue, dans ce monde ! L'homme aime fermer les yeux et ceux qui portent la vérité sont maudits. Ils sont condamnés et parfois tués pour anéantir la vérité. L'homme est son propre ennemi. Pour avancer, il éteint la lumière et marche dans l'obscurité. Il se met en danger avec un jeu de la mort, comme la roulette russe ! Être géant, n'est pas toujours, gagnant ! On perd beaucoup. Comme lorsqu'on marche dans la nuit. On ne voit rien autour ni sous nos pieds. On marche à l'aveuglette. Ce n'est pas naturel. Il est normal de prendre son temps pour voir chaque détail. Toute chose est importante à voir, qu'elle soit grande ou petite. La création n'est pas anodine, pourquoi l'ignorer. Chaque rencontre est un moment de fête, un temps de vie et de découverte qu'il ne faut pas laisser passer en l'ignorant. Être attentif et apprendre tout ce qu'on peut car la connaissance d'aujourd'hui sera notre lumière de demain, pour passer le pont. Le géant ne voit pas les fourmis ni les abeilles ! Pourtant, c'est intéressant de connaître ces deux êtres. Même les hommes les tiennent pour exemple à imiter pour réussir leur vie.

On peut ne pas voir les oiseaux, ni les insectes, ni les fleurs qui colorent la surface de la Terre. On ne voit pas tout dans le monde. Pas plus les étoiles, qu'au-delà des galaxies ! Dieu est géant car il sait tout et rien ne lui est caché. Il peut tout, rien ne lui est refusé. Il est éternel contrairement aux vivants.

La terre est-elle illusion ?

— Mon fils, les livres sacrés disent que cette Terre n'est qu'un rêve qui passe, en bien ou en mal ! On se réveille et on retrouve face la réalité de notre vie. Elle n'est qu'un voyage que les hommes et les autres créations empruntent dès leur arrivée dans ce monde et qui suit leurs chemins, jusqu'à leur départ, on ne sait où ! Au début avec l'évolution de l'intelligence humaine, on a cru à des fables, dcs dires de charlatans, des mensonges pour gagner l'argent facile des ignorants. Mais dès que la science a progressé les hommes sont partis au plus haut du ciel et découvert que ces idées ont une base de réalité. Les expériences sont vraiment identiques à ce que disaient les anciennes histoires des prophètes.

— La science expérimentale est venue nous dire que cette vie n'est qu'une illusion, un mirage, au loin à l'horizon. Quand on tente de s'en approcher, il s'éloigne. Ce qu'on voit n'est pas forcément la vérité. Nos yeux nous trompent, on a créé un monde de rêve ! C'est quand même bizarre, les scientifiques nous confirment qu'on est un seul, comme Dieu, dans les livres et que nous sommes connectés les uns aux autres Les différences entre les créations et surtout l'homme ne sont que des impressions. On insiste sur elles, plus que sur les ressemblances et les similitudes car, ce qui nous lie, est le noyau de nos existences. Les scientifiques sont allés plus loin pour nous dire que les êtres sont restés en lien, comme pour les astres et les galaxies. La vie, ailleurs, est la même ici, On s'éloigne mais on reste en contact ! C'est l'approche pour comprendre l'existence d'un créateur que les livres appellent Dieu. Il est toujours là, vivant, donnant de l'énergie pour continuer le chemin de la vie. Sans lui, la vie n'existerait pas.

— C'est bizarre, maman. Notre vie, à toi et moi, c'est un rêve ? Ça fait peur ce que disent les scientifiques.

— C'est ce je crois, mon fils. Je préfère les paroles des prophètes et la vie reste réelle même si elle n'est pas le principal acte créatif. Un passage, oui, mais pas un rêve. Ce n'est pas immatériel. Notre petite vie et l'amour entre nous, tout est réel. Il est seulement humain, animal, pardon mon fils ! Je mélange tout, l'homme et toi ! Ton intelligence me trouble et me pousse à confondre ! L'instinct d'une mère reste unique pour son fils ! dit la chatte, les yeux pleins d'amour pour son bébé. Elle le voit petit même adolescent…

— L'animal aussi est intelligent. C'est l'homme qui est bête puisqu'il ne nous comprend pas.

— Bien dit ! J'attends tes remarques et dans tes yeux, je les lis. L'homme est un peu idiot ou alors il le fait exprès ! C'est dans son intérêt de jouer le seigneur du monde et de la terre. L'animal est doué d'intelligence et parle sa langue. C'est l'homme qui ne la comprend pas.

— Pourtant il existe de belles histoires de chats et autres animaux que tu me racontais quand j'étais petit.

— Bien sûr, c'est comme ça entre une mère et un fils. Et elle le voit toujours enfant. Même si notre vie est si courte, les hommes préfèreraient la vivre ! C'est la plus heureuse des existences. Les chats n'enlèvent pas les pierres sur les terriers de fourmis, ne cherchent pas de tiques sur la peau des chiens ! Nous sommes simples et notre vie est naturelle.

— Nous sommes heureux toi et moi ! Rien ne nous manque. Nous possédons tout autour de nous. Maman, peux-tu me raconter les histoires des peuples d'animaux qui parlent ?

— Je vais te raconter celle de Salomon.

L’histoire de Salomon

— Salomon était un roi du peuple d’Israël. Un roi-prophète comme son père David. Les deux hommes possédaient le don de comprendre les animaux et inversement. Donc nous les animaux, nous ne sommes pas que des bêtes comme le sont les hommes qui n’arrivent pas à déchiffrer nos langages alors qu’ils se vantent d’être intelligents et des dieux sur terre. La science est un don du créateur et les deux prophètes du peuple d’Israël en sont la preuve dans les écrits anciens. David avait une très belle voix. Un miracle et la preuve de prophétie. Quand il chantait ses prières, les oiseaux et les montagnes étaient à l’unisson avec lui. Salomon, son fils avait le don de commander des armées de djinn et d’animaux. Il leur donnait des ordres ainsi qu’aux hommes à son service, lui–même à celui de son créateur. Un jour Salomon leur a demandé de se rassembler pour leur transmettre des choses très importantes. Un des oiseaux-messager était absent, ce qui a mis le roi en colère. Il n’aimait pas le manque de respect à ses ordres. Salomon a posé la question sur l’absence de la huppe à ses proches. Personne n’avait de ses nouvelles. Le roi Salomon voulut obtenir les motifs de l’absence pour pardonner ou sanctionner durement l’oiseau. Un moment après, la huppe se présenta. Le roi voulut connaître la raison de son retard alors l'oiseau apeuré a répondu qu'il avait une importante information à lui révéler.

— J'ai vu un peuple avec une femme pour reine prendre le feu comme dieu.

Salomon comprit que c'était Belkis, la reine de Saba, de la péninsule arabique, le Yémen. En colère le roi Salomon envoya son oiseau-messager demander à la reine de venir le voir en paix sinon il choisirait de déployer l'armée pour la déloger de son palais. Dès que la huppe remit la lettre, Belkis rassembla son armée.

— Mon peuple, j'ai reçu une lettre de Salomon qui me demande d'entrer dans sa religion ou de faire la guerre ! Que me conseillez-vous ?

En connaissant la force et le pouvoir de Salomon, les conseillers ont proposé à la reine de choisir, la paix ou la guerre et que son peuple serait à mourir pour défendre leur honneur et leurs terres !

Elle décida de la paix. Son magnifique trône arriva avant elle, car Salomon avait commandé de l'apporter avant elle. Un djinn répondit que le trône serait en place avant qu'il ait le temps de cligner de l'œil. Il y a d'autres histoires. Il était en route avec son armée et près d'une fourmilière, une des fourmis a demandé à ses congénères de rentrer avant que l'armée de Salomon ne les écrase. Salomon lui dit alors de ne rien craindre car il respectait toutes les créatures. Ce qui montre la force et le pouvoir de ce roi et que même les animaux le craignaient

— C'est une bonne idée de mettre les animaux en scène et de leur donner la parole ! dit le petit chat les yeux pétillants de bonheur ! Est-ce une façon d'honorer l'animal et de reconnaître son existence auprès des hommes sur cette planète ?

— C'est ce qu'il faudrait faire. Tu raisonnes en chat, en animal. Mais les hommes perçoivent en mettant l'animal en scène, une chose différente !

— C'est décevant.

— Je suis tout à fait d'accord, c'est comme ça, chez l'homme. Tout est décevant, même entre eux. La vie est belle mais l'homme la rend moche. Sais-tu pourquoi l'homme met les animaux en scène ?

— Non, pourquoi ?

— Parce qu'il ne peut pas parler librement… Dans l'ancien temps, il y avait un roi très coléreux et dangereux pour son peuple. Personne ne pouvait dire la vérité. C'était un dieu sur cette terre qui ne pouvait être contesté. Un jour un homme de génie eut l'idée d'écrire de petites histoires dans lesquelles les animaux parlaient. Le roi était spectateur des saynètes théâtrales, sans se rendre compte du sens des paroles. Il ne se sentait donc pas contrarié. Des fables qu'on trouve dans un livre que ton papa Karim aime tellement lire « Kalîla wa Dimna ». Les héros sont, entre autres, deux renards. C'est pour ça que le renard, aux yeux des hommes, est le plus malin des animaux.

— Moi, je dis que c'est le chat ! remarque Fiston.

— C'est ce que je pense. Chaque être voit en lui le roi et le dieu de ce monde, surtout l'homme avec son caractère égoïste !

— Oui, mais pour certains animaux, les hommes font une exception ! Au moins pour les chats et les chiens.

— Tant que l'animal reste à la place que l'homme lui a prévue ! S'il la transgresse, il souffrira de la cruauté humaine. Le respect de l'homme est du respect de l'animal ! comme dit l'un des dictons des hommes. Même entre hommes : « Le respect Cheikh est de son respect aux autres » !

— J'ai compris le sens du dicton pour l'animal mais pas celui des hommes, remarque le chat.

— C'est une petite histoire. On dit qu'un Cheikh, un vieil homme se baladait de village en village. Une fois, il eut l'idée de vérifier si les jeunes gens respectaient vraiment les vieux. En passant près d'un groupe d'enfants qui jouaient par terre, il fit semblant de trébucher et démolit les petites maisons construites en pierres par eux. Les jeunes ont insulté l'aïeul en lançant des pierres sur lui. Le vieil homme a constaté que le respect des autres n'existe que par son respect à eux ! Par réciprocité.

Histoire des civilisations

— Ces animaux que sont les hommes n'évoluent pas dans l'histoire ! Ils n'apprennent rien de leurs expériences ! remarque le chat.

— Ils évoluent égoïstement. Plus ils deviennent forts et savants, plus ils sont centrés sur eux-mêmes. Les autres après. Rien n'a pu les guérir de leur maladie « Moi, le plus grand » ! Les civilisations des hommes sont dues au progrès sur l'animal ! C'est lui le cobaye des recherches. Quand l'homme a voulu voler dans l'espace, il a pris l'idée sur les oiseaux. Il a utilisé la forme des animaux marins pour explorer les mers et les océans. Rien n'est nouveauté, tout est imitation, c'est ce que l'homme appelle la création. Dieu n'avait pas d'exemple du vivant devant lui avant de créer le monde. C'est toute la différence !

— L'Histoire des hommes n'est que la découverte des créations de l'univers, alors ?

— La plupart du temps, ce sont des expériences ratées ! On peut même le caractériser par « l'homme est l'animal qui commet des erreurs ».

— Pas seulement les erreurs, il est, aussi, un grand pêcheur !

— Ça aussi, mon fils ! Il est le plus grand des pêcheurs envers les créations. C'est pour ça qu'il est puni contrairement aux animaux qui ne le sont pas même quand ils se trompent.

— L'intelligence est donc un cadeau empoisonné ?

— Ça ne sert à rien d'être intelligent puisque notre fin c'est la mort, pour l'animal, comme pour l'homme. Où on se trouve, on mourra un jour, sur la terre ou dans les cieux. Aucune planète ne permet à l'homme d'être éternel. Il n'est pas né pour ça. On ne voit que la décomposition des corps dans la terre, même ceux qui sont dans le ciel, tombent sur terre. « On est de la terre et on redevient terre », comme dit le prêtre ! Et c'est vrai.

— Et pourquoi l'animal est-il victime des hommes ?

— L'animal mange la viande humaine pour se défendre de son atrocité ! Alors que l'homme le mange pour garder la force de son corps et de son esprit. L'intelligence de l'homme naît par la consommation des viandes animales, sans elle, il est bête. Il absorbe l'âme de l'animal. Les expériences des hommes ne réussiraient pas sans l'animal. C'est lui qui a été expédié la première fois dans l'espace. On a sacrifié une chienne russe, Laïka. Elle a péri dans une capsule dans l'espace. Sans parler des singes et des chats, même dans l'une des expériences de la France, ton pays natal, mon fils.

— Pourtant en France, nous avons le paradis près de nous, On n'a pas besoin d'aller chercher le ciel.

— Oui mon fils, tu es plus raisonnable que l'homme… Mais un dicton dit que « si le créateur veut faire souffrir les fourmis, il lui fait sortir des ailes ! » C'est ce que j'entends dire ton papa Karim. Quand la fourmi vole, elle s'écrase sur les murs et tombe dans les ruisseaux. Son vol, c'est sa mort ! Elle qui est faite pour vivre sur terre, en paix ! C'est ce qui arrive à l'homme…

Table des matières

Imprimé en Allemagne
Achevé d'imprimer en juin 2020
Dépôt légal : juin 2020

Pour

Le Lys Bleu Éditions
83, Avenue d'Italie
75013 Paris

www.ingramcontent.com/pod-product-compliance
Lightning Source LLC
LaVergne TN
LVHW050319160826
845677LV00014B/3476

* 9 7 9 1 0 3 7 7 1 1 3 7 3 *